ROSES NACHT FÜR IMMER

HEART FALLS VIGNETTEN & NOVELLEN
BUCH 3

VIVIAN AREND

Übersetzt von
HELENA TAMIS

Heart Falls Vignetten & Novellen 3: Roses Nacht für immer

Originaltitel: Rose's One Night to Forever © 2022 by Arend Publishing Inc.

Copyright für die deutsche Übersetzung: Heart Falls Vignetten & Novellen 2: Roses Nacht für immer © 2025 Helena Tamis

Lektorat: Nadine Manz
Cover-Desig: © Damonza
Lektorat Original: Angie Ramey
Korrektorat Original: Linda Levy
Digitales ISBN: 978-1-998508-45-7
Taschenbuch ISBN: 978-1-998508-46-4
Deutsche Erstausgabe Mai 2025

www.vivianarend.com

1

April, Red Boot Ranch

Chance Gabrielle hatte es satt, aus Koffern zu leben.

Er folgte dem GPS seines Mietwagens, bog in die rustikale Zufahrt ab. Eine Szene wie aus einem Western lag vor ihm, als er auf der breiten Parkfläche vor einer kleinen Hütte anhielt. Einer von einem Dutzend, die in der Gegend verteilt waren.

Als er hinaus trat, wurde er von der frischen Luft und dem Geruch des Frühlingsnachmittags attackiert. Die Berge in der Ferne waren immer noch verschneit, aber die nahen Felder lagen zum größten Teil offen. Braune Gräser und weite Weiden ergossen sich über die wogenden Hügel, die von Fichten unterschiedlicher Höhe gesprenkelt waren.

Diese Landschaft hatte eine gewisse Anmut. Eine Art Schönheit, die ihn an seine Heimat Irland erinnerte, und doch irgendwie frischer. Jünger. Ein Land, von dem Chance bereits spüren konnte, dass es zu dem Mann, den er Bruder nannte, ganz genau passte.

Es spielte keine Rolle, wie wenige Jahre sie zusammen verbracht hatten, bevor Chance erwachsen geworden und weggezogen war, diese Wahrheit war immer klar gewesen. Sein kleiner Bruder Cody war ein Mann des Landes und wollte unbedingt mit den Händen arbeiten.

Chances Laufbahn war vielleicht weniger körperlich anstrengend gewesen, aber sie war auch voller Leben und Wertschätzung von Schönheit. Hoffentlich würde Heart Falls ihn inspirieren und so gut zu ihm passen wie zu seinem Bruder.

Er drehte sich von der majestätischen Kulisse weg und ging die Stufen zur Hütte hinauf.

Bevor er klopfen konnte, schwang die Tür auf, und ein hochgewachsener Mann in Jeans, Stiefeln und einem Cowboyhut hielt abrupt im Eingang inne.

Die Miene seines Stiefbruders ging rasch durch Überraschung und Verwirrung, um schließlich bei Freude zu landen. „Chance. Heilige *Scheiße* – du bist echt da."

„Bin ich echt", stimmte Chance zu, das Lächeln fiel ihm leicht. „Gott, sieh dich nur an."

Cody nahm ihn fest in die Arme, klopfte Chance begeistert auf den Rücken. „Ich hatte keine Ahnung, dass du kommst. Habe ich eine E-Mail verpasst oder was?"

„Nein, ich hab dich nicht vorgewarnt, weil ich nicht sicher war, ob ich es durchziehen kann." Chance trat zurück und nahm Cody an den Schultern. Die Augen seines Bruders leuchteten, die weiße Haut seines Gesichts und seiner Hände war gebräunt, obwohl er gerade erst durch den Winter gekommen war. Zufriedenheit saß locker auf seinen Schultern. Er sah gut aus. „Ich habe nicht lang, aber ich wollte mit eigenen Augen sehen, dass du immer noch lebendig bist."

„Ich hätte es dir gesagt, wenn es anders wär", versprach

Cody mit einem Hauch schrägem Humor. „Ich wäre als Geist zurückgekommen oder hätte irgendwie einen Auftritt in einem deiner Fantasy-Gemälde hingelegt."

Chance hatte so viel, das er bereden wollte, aber der rasche Blick auf die Uhr seines Bruders warnte ihn, dass eine längere Unterhaltung nicht drin war. „Ich habe dich überrascht, und ich halte dich von deinen Pflichten ab. Kannst du später mal eine Pause machen, damit wir reden können?"

„Wie lang kannst du bleiben?", fragte Cody.

„Ich kehre morgen nach Irland zurück, mit einem einwöchigen Halt in Deutschland vorher. Mein Flug geht um vier Uhr nachmittags."

Ein Schnauben kam von seinem Bruder. „Das ist doch kein Besuch, das ist ein Überflug."

„So ziemlich", stimmte Chance zu. „Ich musste mein Glück versuchen."

Cody holte tief Luft, dann deutete er auf die Verandastühle vor der Hütte. „Lass mich mal schnell meinen Boss anrufen, damit ich ihr sagen kann, dass ich zu spät komme. Ihr wird es nichts machen. Aber ich habe in einer Stunde eine Begehung mit einem Inspektor, und die war höllisch schwer zu organisieren. Da muss ich hin."

„Wir werden schon Zeit haben", versprach Chance.

„Am Morgen, wenn schon sonst nicht."

Chance wartete, während Cody den Anruf tätigte, nutzte die Gelegenheit, um nicht nur die Umgebung zu bewundern, sondern auch, wie gut sein jüngerer Bruder an den Ort passte. Er wirkte völlig zu Hause.

Ein scharfer Stich der Eifersucht traf ihn, bevor er sofort ausgemerzt wurde. Chance wollte für seine Familie nichts als das Beste. Die Entscheidung, durch die Welt zu streifen und nicht bei ihnen zu sein, war seine gewesen.

Die Entscheidung, es sich anders zu überlegen, lag auch an ihm.

Cody setzte sich auf den anderen Stuhl. „Rede schnell", scherzte er, bevor er nüchtern wurde. „Es ist schön, dich zu sehen. Echt jetzt."

„Ich hätte dich ja vorgewarnt", sagte Chance, „aber ich hatte selbst drei unterschiedliche Meetings. Die letzte Galerie hat zum Glück beschlossen, dass ich quasi gottgleich bin, und hat um keine einzige Änderung bei meinem Vorschlag gebeten. Das hat bedeutet, anstatt morgen fertig zu sein und kaum genug Zeit zu haben, zum Flughafen zu hetzen, hatte ich in einen zusätzlichen Abend."

„Ich freue mich, dass du hergekommen bist. Ich bin nur angepisst, dass das einer der wenigen Tage ist, an denen ich völlig ausgebucht bin." Cody schüttelte den Kopf. „Also erzähl mir – diese Galerieausstellung in Calgary. Kannst du kommen und länger bleiben, wenn es so weit ist? Ich nehme an, dass du immer noch Auftritte für deine schicken Kunstgöttinnen kuratierst und so weiter."

„Tue ich, aber ich habe auch andere Pläne." Chance beugte sich nach vorne, die Ellbogen auf den Knien. „Ich ziehe um."

„Interessant. London? Berlin?" Cody legte den Kopf schief. „New York?"

„Heart Falls."

Cody hustete und verzog das Gesicht. „Du nimmst mich doch auf den Arm."

Guter Gott. „Deine Miene bringt mich doch immer wieder zum Lachen. Nein, Bruder, ich *pisse dich nicht an*, wie man es in Irland ausdrücken würde." Chance hielt inne, um ein lautes Lachen auszustoßen. „Mein Gott, dein Gesicht."

„Du steckst heute voller Überraschungen. Nach Heart Falls ziehen." Cody schaute sich um, dann zurück zu Chance. „Hast du mich irgendwie in eins deiner fantastischen Bilder gezogen? Leben wir am Rande der Realität, umgeben von den Mythen und Legenden des alten Irland?"

„Ich erzähle dir, dass ich zurück nach Kanada und näher zu dir ziehen möchte, und du glaubst, ich ziehe dich auf?" Chance schüttelte den Kopf. „Du hast ja keine Ahnung, wie sehr ich mich auf diese Veränderung freue."

Cody neigte den Kopf. „Okay. Ich wollte nicht, dass das rüberkommt, als würde ich dich hier nicht wollen. Ich bin aber schockiert. Das habe ich nicht erwartet, aber es wäre toll, dich hier zu haben."

„Ich verrate dir mehr, sobald ich es selbst raushabe. In der Zwischenzeit, erzähl mir mal, was du so getrieben hast. Und zeig mir deine Couch, damit ich heute Abend einen Platz zum Schlafen habe."

Sein Bruder erhob sich, schaute auf die Uhr. „Ich kann sogar einen Schritt weiter gehen als Couch. Du kannst für die Nacht deine eigene Hütte haben. Ich weiß, dass wir gerade jetzt nicht voll ausgebucht sind."

Chance wurde zu einer Hütte ein paar Türen weiter geführt, und Cody erklärte ihm die wichtigsten Teile der Ranch, während sie unterwegs waren. Es fühlte sich gut, auf den neuesten Stand zu kommen.

Hin und wieder schrieben sie sich E-Mails oder Nachrichten, aber da sie auf unterschiedlichen Kontinenten lebten, war die Kommunikation in den letzten Jahren nur selten ein Treffer gewesen. Chance hatte den täglichen Schlagabtausch vermisst, den sie genossen hatten, als sie jung gewesen waren.

„Ich werde versuchen, fürs Abendessen freizubekommen", bot Cody an, „aber, wie ich gesagt habe, heute ist die Hölle los. Ich arbeite am Nachmittag und am Abend, und nachts stehe ich auf Abruf bereit."

„Oh, du bist grandios", sagte Chance. „Ich werde eine Idee fürs Abendessen brauchen."

Fünfzehn Minuten später und ein paar weitere rasche Wortwechsel und Erklärungen danach war Cody weg.

Erheiterung und Zufriedenheit ließen sich in Chances Eingeweiden nieder. Das würde schon gut funktionieren. Er schob sich die Hände in die Taschen und machte einen Spaziergang. Marschierte durch den Ort, den sein Bruder Heimat nannte.

Seine Erinnerungen mäanderten in die Vergangenheit. Es hatte ein paar raue Momente zwischen ihnen gegeben, gleich nachdem Chances Vater sich in Codys Mom verliebt hatte – über Online-Dating ausgerechnet – und die beiden Jungs in eine Familie zusammengeholt hatten. Vor allem weil damals der Altersunterschied bedeutet hatte, dass Cody Chance wie ein eifriger Welpe überallhin gefolgt war.

Chance hatte als Teenager ein größeres Interesse an der Erkundung seiner neuen Heimat Toronto in Kanada gehabt, und das Beaufsichtigen eines Elfjährigen, der rumbettelte, ihn auf Dates begleiten zu dürfen, hatte nicht auf dem Plan des Sechzehnjährigen gestanden.

Trotzdem waren sie beide erwachsen geworden, und sie waren zu einer soliden Familie zusammengewachsen. Die Jahre seither hatten zu Veränderungen geführt, zum Großteil zu guten, aber jetzt war es Zeit für den nächsten Schritt.

Sein Magen knurrte. Chance kleidete sich so locker wie möglich mit den Optionen, die er dabei hatte. Er ließ sein Jackett und die Krawatte weg, zog eine leichte Jacke über und begab sich dann in das Städtchen.

Das war alles die Schuld ihrer Schwester.

Rose Fields hob ihre Bierflasche und nippte daran, während sie noch einen Blick auf die Tanzfläche warf und ihre Optionen musterte.

Okay, vielleicht war es nicht *konkret* Tansys Schuld, dass sie in der Bar vor Ort stand und Männer beäugte, aber nachdem sie zwanzig Jahre lang Adoptivschwestern gewesen waren, war es mehr als nur eine Gewohnheit, einander eingebildete Sünden vorzuwerfen. Es war …

Nun ja, Familie, nahm Rose an.

Ein gut aussehender Cowboy näherte sich, lächelte mit tiefster Wertschätzung, als er sie auscheckte. „Hey, Süße. Willst du mal rumwirbeln?"

Tommy war ein toller Tänzer, und normalerweise wäre sie begeistert dabei gewesen. Aber er arbeitete auf der Silver Stone Ranch, was bedeutete, dass er für die Agenda des heutigen Abends der völlig Falsche war. Zu vertraut, zu sehr vom Ort.

Zu schlecht für einen One-Night-Stand.

Rose schüttelte den Kopf und hob ihr Getränk. „Ich habe gerade erst mit meinem Bier angefangen. Ich melde mich später."

Er zwinkerte. „Aber klar, Schöne."

Der pulsierende Beat der Musik hallte um sie herum. Sie füllte ihre Ohren und sorgte dafür, dass sie mit den Zehen wippte. Noch während sie die Menge nach jemandem absuchte, der genau passte, trieben ihre Gedanken zurück zu dem Grund, weshalb sie überhaupt ganz allein ins Rough Cut gekommen war.

Der falsch abgebogene Mädelsabend.

Okay, vielleicht war es übertrieben, ihn als solchen zu bezeichnen, aber als die größere Versammlung ihrer Freundinnen auf nur Rose, ihre Schwester Tansy und zwei weitere geschrumpft war, waren diese verdammten Geständnisse herausgekommen. Drei Wochen später, und

Rose wollte sich treten, dass sie diese Unterhaltung nicht abschütteln konnte. Diejenige, bei der die anderen Frauen im Raum alle gestanden hatten, dass sie wild und spontan gewesen waren. Nach Befriedigung gesucht und sie in einer sinnlichen Nacht gefunden hatten.

Nichts, was du tun musst, aber wenn du es tun möchtest und die Gelegenheit sich ergibt, warum nicht?

Die Anmerkung ihrer Freundin Petra klang laut nach.

Rose hatte eine gute, stabile Jugend verbracht. Ihre Adoptiveltern waren felsenfest, und ihre drei Schwestern waren Gold wert. Dazu kamen noch der Laden und das Café, das sie mit Tansy betrieb, und sie hatte fast alles, von dem sie geträumt hatte.

Warum hatte sie immer noch das Gefühl, als würde die kleinste falsche Bewegung alles innerhalb eines Augenblicks verschwinden lassen? Sie musste aufhören, so vorsichtig zu leben. Wollte aktiv Abenteuer suchen und sehen, was vielleicht geschehen könnte.

Das war der Grund, weshalb sie jetzt im Rough Cut stand und versuchte, die Tür für Möglichkeiten zu öffnen. Sie hätte es nicht schlecht gefunden, auf einen attraktiven Fremden zu stoßen, der sie auf einen wilden Ritt mitnahm.

Sozusagen.

Eines war sicher. Falls sie vorhatte, einen Fremden in ihrer kleinen Heimatstadt aufzugabeln, würde es nicht unter dem wachsamen Blick ihrer Schwester geschehen. Oder ihrer Freundinnen. Oder ... von *irgendwem*. Das war der Grund, weshalb sie heute Abend ins Rough Cut gekommen war, wo Tansy beschäftigt war und alle ihre anderen Freundinnen anderweitig verpflichtet.

Doch sie musste das auf sichere Art machen, was bedeutete, es jemandem zu sagen.

Petra. Petra war perfekt. Die jüngste Schwester eines der

Rancher vor Ort, die nicht wirklich in Heart Falls wohnte, nur oft auf Besuch kam. Oft genug, dass sie bei ihren Mädelsabenden ein regelmäßiger Gast geworden war, darunter der kürzlich, der Rose immer noch nachging.

Nach einem wunderbaren Besuch, wo sie Zeit mit der Familie und Rose und den anderen verbracht hatte, war Petra vor zwei Wochen nach Hause nach Manitoba zurückgekehrt. Weit genug weg, dass Rose sich keine Sorgen machen musste, dass die Frau auftauchte und dazwischen ging, aber verbunden genug, dass Hilfe ziemlich schnell auf dem Weg sein würde, wenn Rose ein SOS schickte.

Entschlossen schickte sie ihrer Freundin eine Nachricht.

> Rose: Übrigens, du bist heute Abend mein Notfallkontakt. Ich schreibe dir ungefähr um Mitternacht. Falls nötig auch noch mal danach, um dich wissen zu lassen, dass ich in Sicherheit bin.

Innerhalb von weniger als einer Minute machte sich die Antwort bemerkbar.

> Petra: Okay. Willst du mir sagen, was du machst?

> Rose: Ich habe einen One-Night-Stand.

> Petra: Ach, echt? Ist dir jemand ins Auge gefallen, dass das so dringend und deine erste Priorität ist?

Rose wollte nicht ihren ganzen Plan in einer Nachricht erklären. Sie verlagerte ihre Aufmerksamkeit vom Handy weg, um sich die beste Antwort zu überlegen, dann öffnete sich die Menge und die Lichter oben blitzten auf wie ein Scheinwerfer, um auf einem hochgewachsenen, umwerfenden Mann zu landen, und alles verschwand, nur nicht er.

Breite Schultern, aber schmal gebaut. Weniger raumfüllend als die meisten Cowboys, die sie kannte, doch er wirkte robust genug, um Muskeln und Kraft an all den richtigen Stellen zu haben. Größer als sie, aber nicht über ihr aufragend. Kein Cowboyhut, sondern dunkle, ordentlich gestutzte Haare, durch die Rose sofort mit den Fingern fahren wollte, um sie ein kleines bisschen durcheinanderzubringen. Er stand da, die Schultern zurückgenommen und das Kinn gehoben, und als er sich zu ihr drehte, stellte Rose fest, dass ihr die Luft wegblieb.

Sein Blick wanderte über die Menge und landete dann auf ihr, und sie hätte schwören können, dass ein Blitzschlag vom Boden in sie hineinzischte.

Grüne Augen. Intensiv, aber mit Fältchen in den Winkeln, die sich vertieften, während seine Lippen sich zu einem Lächeln wölbten. Die blasse Haut auf seinem Gesicht wurde von einem leichten Bartschatten verdüstert. Bewunderung wurde sichtbar, als sein Blick rasch über sie ging. Kein Starren, nur eine aufrichtige, männliche Wertschätzung, und Rose hakte einen weiteren Punkt auf ihrer *Benötigte Eigenschaften, bevor ich mich darauf einlasse*-Liste ab.

Er machte einen Schritt auf sie zu, kam durch die Menge.

Rose schrieb rasch ihre Nachricht an Petra fertig, ganz glücklich, dass sie klar und aufrichtig sein konnte.

Rose: Ja.

2

————

*R*ose hatte kaum ihr Handy weggesteckt, als polierte schwarze Männerschuhe in Sicht kamen.

„Hallo." Der leichteste Hauch eines Akzents färbte das Wort. „Möchtest du tanzen?"

„Liebend gern." Rose nahm die Hand an, die er ihr hinhielt.

Der schnelle Tritt des Two-Step, in den er sie wirbelte, ließ nicht zu, dass sie Fragen stellte. Sie konzentrierte sich darauf, die Bewegung seiner Schultermuskeln unter ihren Fingern zu spüren, während er sie geschmeidig über die Tanzfläche führte, die Musik hämmerte um sie herum. Sie hielt sich fest und genoss das Gefühl, von einem Tanzexperten geführt zu werden.

Als der dritte Song ein Balladentempo anschlug, veränderte er seinen festen Griff zu einer eher weichen Umarmung. Seine Finger lagen offen auf ihrem unteren Rücken, und die sanfte Liebkosung reichte, um wieder Lichtblitze loszuschicken.

Sein Blick huschte über ihr Gesicht, Erheiterung in den

Augen. „Du hast mir ganz schön den Atem geraubt. Wie heißt du?"

„Rose."

Sein Grinsen wurde breiter. „Passt zu dir. Ich bin Chance. Schön, dich kennenzulernen."

Die Tatsache, dass er nicht anfing, Romeo und Julia zu zitieren, nachdem er ihren Namen gehört hatte, war ein weiteres Plus auf der Liste.

Niemand sollte ein Zitat aus dieser Geschichte ansprechen, wenn man versuchte, eine Frau aufzugabeln.

„Du hast einen tollen Akzent." Rose strich mit den Fingern über seine Schultern und beobachtete, wie seine Pupillen sich weiteten, während sie sich zusammen wiegten. „Bist du auf Reisen?"

„Aus Irland. Ich bin auf Geschäftsreise. Kunstateliers, Galerien. So was eben. Du?"

Nebenher nahm sie zur Kenntnis, dass ein Mann, der in Kunstgalerien arbeitete, kein Kandidat war, um nach Heart Falls zu ziehen. Was bedeutete, seine Reaktion auf ihre Antwort wäre der letzte Test.

„Ich habe einen Blumenladen."

Hitze loderte in seinem Blick. Er neigte das Kinn, dann wirbelte er sie herum. Als sie zurück in seine Arme kam, zog er sie sogar noch dichter heran. „Beeindruckend. Das ist an sich eine Kunstform."

Jeder muskulöse Quadratzentimeter seines Körpers presste sich an ihren. Er hatte keinen klugscheißerischen Kommentar abgegeben, dass Rose Rosen verkaufte. Er wusste, wie man tanzte. Er wusste, wie man sich bewegte.

Er roch wunderbar. Das war ein weiterer Haken auf ihrer Liste.

Rose warf die Haare über die Schulter und konzentrierte sich direkt auf seine Augen. „Willst du mich küssen?"

Ein weiterer Hitzeschwall. „Mehr, als du dir vorstellen kannst." Er schaute sich im Raum um. „Hier? Jetzt? Dann los, aber ich würde auch etwas Privatsphäre zu schätzen wissen."

Hin- und hergerissen, ob die Vorsicht in den Wind schlagen und den Augenblick genießen sollte, beschloss Rose, dass es ihre abendlichen Pläne vielleicht dämpfen könnte, wenn ein ganzer Reigen ihrer ehemaligen Tanzpartner ihr zur Seite sprangen. „Komm mit mir."

Sie nahm ihn an der Hand und setzte auf alles. Ihr impulsiver One-Night-Stand fing offiziell jetzt an.

DIE UNFASSBARE FRAU, die Chance Gabrielle derzeit in Versuchung führte, hatte nicht auf seinem Plan gestanden, aber Momente wie dieser waren das, was das Leben aufregend und frisch hielt.

Von dem Augenblick an, als er sie durch den Raum erblickt hatte, hatte ein Gefühl absoluter Richtigkeit seine Adern geflutet. Sein Stiefbruder mochte Chance ja aufgezogen haben, dass er in einer Fantasywelt lebte, verzehrt von der Kunst, mit der er sich umgab, doch das schien ein perfektes Beispiel einer Fantasie zu sein, die Wahrheit wurde. Als ob dieser Abend, und mehr als das, einfach sein mussten.

Bestimmung? Schicksal? Irgendein wohlwollendes Wesen, das ihm genau das anbot, nach dem er sich immer gesehnt hatte?

Es war nicht nur, dass sie eine Schönheit war, die ihn auf einer körperlichen Ebene anzog, obwohl sie das auf jeden Fall tat. Hellbraune Haut, die im goldenen Licht des Pubs leuchtete. Dunkle Haare, die gerade über ihren Rücken fielen und schwankten, während sie den Kopf neigte, um den Raum zu mustern. Ein hochgewachsener, schlanker Körper, der sich krümmte und floss und darum bettelte, dass ein Mann ihn genüsslich erkundete, während er sie zur Ekstase führte.

Ihre Augen allerdings. Die waren das, was seine Füße ohne seine Zustimmung in ihre Richtung gelenkt hatten. Tiefbraun ihre Farbe, und darin loderte Intelligenz. So verdammt faszinierend, dass Chance an Ort und Stelle entschieden hatte, dass er nicht gehen würde, ohne mehr herauszufinden.

Er hatte gedacht, zu diesem *Mehr* würden vielleicht ein paar Tänze gehören, und sie nach ihren Kontaktinformationen zu fragen, damit er sie anrufen konnte, wenn er im Sommer nach Heart Falls zurückkehrte. Dichter bei Cody zu sein, war ein Ziel. Jemanden wie Rose zu haben, um mit ihr in der Zukunft Zeit zu verbringen?

Der Gedanke war mehr als nur motivierend.

Sie schien allerdings mehr als nur ein paar Tänze und ausgetauschte Telefonnummern im Sinn zu haben. Und verdammt sollte er sein, wenn er mit einer Frau stritt, die wusste, was sie wollte.

Er hielt sie an der Hand und folgte ihr, während sie die Tanzfläche verließ und zu einer dunklen Ecke des Raumes ging.

Immer noch nicht sein Lieblingsort, um die Dinge körperlich ein wenig intensiver werden zu lassen, aber er hätte wohl eine bessere Chance, sie zu überzeugen, zu seiner temporären Unterkunft auf der Red Boot Ranch mitzukommen, nachdem sie sich ein paar Mal geküsst hatten.

Hatte er Selbstvertrauen? Und wie. Er würde seine besten Seiten zeigen.

Als sie innehielt, griff er nach ihr, und dann zögerte er, als sie eine fast unsichtbare Tür öffnete und durchschlüpfte, ihm bedeutete, ihr zu folgen.

Noch während sie die Tür schloss, musterte Chance ihre Umgebung. Sie standen kurz auf einem schmalen Absatz unter einem blassgelben Licht, bevor sie ihn ein schmales Treppenhaus hinaufführte, entlang der Außenwand des Gebäudes.

Plötzlich ergab alles einen Sinn.

„Diese Gebäude sind alle verbunden, oder?" Ihm war der altmodische Aufbau aufgefallen, während er in einem hervorragenden koreanischen Restaurant auf der anderen Straßenseite zu Abend gegessen hatte. „Die ganzen Läden mit der falschen Front mit dem hölzernen Gehweg in der Innenstadt von Heart Falls sind verbunden. Und darüber sind Wohnräume ..."

Rose schob eine Tür auf und zog ihn mit sich. Einen Augenblick später packte sie die Vorderseite seines Hemdes mit den Händen und brachte ihre Körper zusammen. „Architektonische Entdeckungen später."

Guter Punkt. Chance lächelte hinab, beäugte ihre Lippen. Er nahm ihr Gesicht in die Hände und kam näher. „Jetzt also Küsse?"

„Ja." Das Wort kam gehaucht. Sie öffnete die Hände und glättete sein Hemd, Hitze ging zwischen ihnen hin und her. „Unbedingt, ja."

Das letzte Wort fing er mit seinem Mund auf.

Der Drang, vorzudringen und sie im Besitz zu nehmen, war stark, aber die hübsche Fantasy-Maid, die die Götter ihm geschenkt hatten, hatte mehr verdient. Er brachte sich unter Kontrolle und machte langsamer, um sie zu verführen.

Sanft, weich. Die Berührung zwischen ihnen war ein Kontakt, der kaum Bestand hatte, in dem widerhallte, wie sich ihre Haut an seinen Händen anfühlte. Mysteriös und verlockend. Eine seidige Liebkosung, die seine Fingerspitzen zum Prickeln brachte und Aufregung sein Rückgrat hinablaufen ließ.

Ihr Mund war geschmolzene Seide, nachgiebig und süß,

während er ihren Kopf neigte und seine Zunge an ihren Lippen vorbeischob. Der Ansturm von Lust, der ihn überströmte, als er sie schmeckte, fühlte sich richtig an. Fühlte sich an, als hätte er ewig gewartet, dass dieser Augenblick eintraf. Auf irgendetwas – nein, *irgendjemanden* –, von der er gewusst hatte, dass sie da draußen war, aber nur geträumt, dass sie sich eines Tages begegnen würden.

Er ließ seine linke Hand zurückgleiten, strich mit dem Daumen über die glatte Hitze ihrer Wange. Ein Beben nahm sie ein, während er die Finger durch die seidigen Strähnen ihrer Haare schob, um ihren Hinterkopf zu halten.

Während er sie dicht an sich hielt, wanderte seine rechte Hand zu ihrem unteren Rücken weiter, und er presste ihre Oberkörper aneinander. Die ganze Zeit über küsste er sie. Schmeckte sie. Lernte, was nötig war, um sie zum Stöhnen zu bringen.

Die Berührung zwischen ihren Lippen machte süchtig. Das Gefühl ihrer Hände, die an seinem Oberkörper hinaufwanderten, vergrößerte den Einsatz und ließ ihn im Gegenzug beben.

Als sie die Fingernägel auf seinem Rücken einsetzte und langsam nach unten strich, ihm durch das Hemd ein Brandzeichen verpasste, brach er den Kontakt zwischen ihren Lippen mit einem Keuchen ab. „Himmel. Ich will mehr."

„Gut. Dann machen wir doch mehr."

Das Lächeln auf ihren Lippen war aus irgendeinem Grund leicht selbstzufrieden, aber verdammt sollte er sein, wenn es ihm wichtig war.

Chance schaute sich in dem Raum um, in den sie ihn gezogen hatte. Keine Wohnstätte, sondern irgendeine Art Lager. Regale säumten zwei Wände, und Tische standen hier und dort, alle sichtbar im blassen Licht einer Straßenlaterne gleich vor dem Fenster. Ein winziger Hauch Staub lag auf dem

Boden, was ihn zu der Frage brachte, ob die Polstersessel in der Ecke wirklich sauber waren.

Nicht der Ort, den er sich ausgesucht hätte, um diese Frau vor Lust singen zu lassen.

Er strich mit den Fingern durch ihre Haare und schaute ihr in die Augen, sprach in einem tiefen Grollen, das offenbarte, wie angetörnt er wirklich war. „Komm in mein Zimmer. Ich habe eine Hütte für die Nacht auf der Red Boot Ranch."

Er hätte schwören können, dass in ihren Augen Interesse aufblitzte, als er angefangen hatte zu reden, aber die Erwähnung der Ranch hatte es weggewischt.

Rose hob die Hand, strich mit den Fingern über seine Lippen. „Hier ist doch gut. Wir können kreativ werden."

Kreativ könnte funktionieren. Obwohl irgendwann, sobald er für immer zurück in Heart Falls war, Rose und eine gute, lange Session in seinem Bett absolut auf dem Plan standen. Mehrmals. Und außerdem, was immer sonst die Zukunft für sie bereithielt.

Er lehnte die Schultern an die Wand hinter ihm. „Also dann, kreativ."

Mit Rose zwischen seinen Beinen richtete er sich neu aus, bis er die Freiheit hatte, die Finger zu den Knöpfen ihrer Bluse zu senken.

Ihre Wangen röteten sich, und als er den zweiten Knopf befreite, flitzte ihre Zunge über ihre Unterlippe, und ihr Blick war auf seinen Mund fixiert. „Mir gefällt, wie du küsst", gab sie zu.

„Ich habe vor, dich noch an vielen anderen Stellen zu küssen, bevor wir fertig sind."

Er hatte den letzten Knopf geöffnet und holte nun tief und wertschätzend Luft. So viel leuchtende Haut wurde enthüllt, als er die pastellblaue Bluse zurückschob. Der BH, der liebevoll ihre straffen Brüste hielt, war ebenfalls blassblaue Spitze, und ein Hauch ihrer köstlichen Haut schien mit der Schönheit einer vom Nebel berührten Waldszene hindurch.

„Wunderschön." Er schaute zur Seite, sah dankbar einen Stuhl mit geradem Rücken in Armreichweite. Er schob die Bluse von ihren Schultern, lehnte sich vor, um ihren Nacken zu küssen und dann tiefer, während er den Stoff über den Stuhl legte, ohne hinzuschauen.

Rose stöhnte, während er sich langsam am Rand der Spitze entlang leckte. „Hör nicht auf, aber darf ich erwähnen, wie sehr ich es zu schätzen weiß, dass du meine Kleider nicht auf den Boden wirfst?"

„Ich bin gern zu Diensten." Er öffnete die Schließe ihres BHs und stöhnte, als der Stoff sich löste und ihre dunklen Nippel sichtbar wurden. „Du bist ein Engel und eine Verführerin aus einem umwerfenden Guss."

Ihr BH schloss sich der Bluse auf dem Stuhl an, und er legte sie über seinen Arm, leckte sich langsam den beneidenswerten Weg zur Spitze empor, die steif und bereitwillig auf seinen Mund wartete.

Rose bebte und packte seine Schultern, während sie sich durchbog und ihre Brüste höher hob, um seinen Mund bettelte. „Das ist gut. *So* gut."

Er stimmte zu, hatte vor, alles hinauszuzögern und Spaß zu haben. Sie zu genießen. Nur dass sie einen Augenblick später an seinem Hemd zerrte, sich aufrichtete und von seinen suchenden Lippen entfernte.

„Klamotten runter. Jetzt", forderte sie.

Sich nackig zu machen, dauerte länger, als sie vermutlich erwartet hatte. Oh, er zog sich das Hemd in einem Sekundenbruchteil über den Kopf, zerrte es herunter, während er rasch losging, um sicherzustellen, dass die Tür, durch die sie gekommen waren, auch abgesperrt war. Er war fast sofort zurück, schob seine Hose runter, bevor er seine Füße wieder in die Schuhe schob. Seine Boxershorts hoben sich durch die Schwellung seines Schwanzes, während er ihre Positionen tauschte.

Roses Rücken war an der Wand, ihre Hände an die Oberfläche in der Nähe ihrer Hüften gepresst. Chance kniete sich vor sie, betrachtete sie wertschätzend, während er ihre Hose nahm und sie an ihren Füßen herabzog.

Sie lachte leise, als er ihr ihre Halbstiefel hinhielt und ihre Füße wieder hineinschob. „Wir haben Sex in unseren Schuhen?"

„Klingt vernünftig", gab er zu, hielt inne, um tief Luft zu holen, bevor er mit dem letzten bisschen Auspacken weitermachte.

Das blasse Höschen glitt an ihren langen Beinen hinab wie das Flüstern einer Prophezeiung.

Etwas Wunderbares würde passieren.

3

———

hance legte den Kopf zurück und lächelte die üppige Frau an, die nun nackt über ihm war. „Du hast was von Küssen gesagt."

Roses Augen wurden groß, und dann konnte er ihr Gesicht nicht mehr sehen, denn es ging nur noch um ihre Haut, seidig und glatt unter seinen Lippen. Ein Kuss auf ihren Bauch, hinab zu der Stelle, wo ihr Oberkörper in die Beine überging.

Zu den süßen, dunklen Locken, die ihr Geschlecht zierten.

Sie strich mit den Fingern durch seine Haare. *„Chance."*

„Merk dir das", befahl er. Er tippte auf die Innenseite ihres Oberschenkels, und sie stellte sich bereitwillig breiter auf. Ihre weichen Schamlippen waren gerade sichtbar, und er ging näher, erkundete sie mit dem Mund.

Ihr Geschmack explodierte auf seiner Zunge, während sie die Hüften neigte und sich weiter öffnete, geradezu um mehr bettelte. Um das bettelte, was er unbedingt geben wollte.

Er schob sich zwischen ihre Schamlippen, immer höher, bis er die kleine Knospe ihrer Klitoris lecken konnte. Strich mit der Zungenspitze darüber, bevor er sich nach unten arbeitete.

Immer und immer wieder. Er trieb sie beide in die richtige Richtung.

Chance leckte zwei seiner Finger ab und ließ sie dann sanft in ihr Geschlecht gleiten. Roses Luststöhnen hallte durch den leeren Raum, trieb ihn weiter, brachte seine Selbstbeherrschung an ihre Grenzen, als er abermals die Lippen um ihre Klitoris schloss und saugte. Sanft strich er über die Vorderseite ihrer Scheide, bis er die süße Stelle fand, bei der sie keuchte.

Dann machte er es noch einmal, eine Hand verankerte sie an der Wand, während ihre Hüften seinem Gesicht entgegenkamen.

„Chance, ich bin so dicht davor."

„Lass los."

Die Finger in seinen Haaren spannten sich an und zerrten heftig daran, während ihr kehliger Schrei erklang. Ihr Geschlecht spannte sich um seine Finger an, ihr Stöhnen und ihr Beben am ganzen Körper erfüllten ihn mit Stolz.

Stolz und einer höllischen Begierde.

Er war auf den Beinen, verlor seine Boxershorts rasch, bevor er sie in seinen Armen drehte. Ihr Rücken an seiner Vorderseite, nackte Haut, die aneinander glitt, sein Schwanz eine felsenfeste Linie an ihrem Hintern.

Chance presste eine Hand auf ihren Bauch, um dann wieder fest ihren Venushügel in Besitz zu nehmen. Er strich mit den Fingerspitzen über die rutschige Feuchtigkeit ihrer Klitoris und Pussy, verlängerte die Lust ihres Orgasmus, während er die Hitze zwischen ihnen genoss.

Es war ein weiterer Augenblick der Vollkommenheit. Das schwache Licht in dem Raum ohne Vorhänge, zusammen mit der Dunkelheit draußen vor den Fenstern schuf einen Spiegeleffekt. Er hatte sie zur Außenwand gedreht, als er sie an sich gezogen hatte, und jetzt schien ein herrliches Bild zurück.

Er hielt sie aufrecht, während ihre langen Haare über die Schultern flossen, ihre Hände umklammerten sein Handgelenk, während er mit den Fingern in ihren feuchten Falten spielte.

Außerhalb des Gebäudes war Dunkelheit und ein schwacher Hauch von Sternen. Eine Show, die nur sie beide sehen konnten.

„Ich könnte dieses Bild für eine Million Dollar verkaufen, aber es ist mehr als das wert. Es ist unbezahlbar, einzigartig, und es gehört *mir*." Das besitzergreifende Knurren in seiner Stimme schockierte ihn. Chance holte beunruhigt Luft, kämpfte darum, die Beherrschung wiederzufinden.

Rose hob eine Hand und legte sie ihm um den Nacken. Nachdem sie ihr Gesicht zu ihm gewandt hatte, presste sie ihm die Lippen auf die Wange. Hungrig nahm er wieder ihre Lippen für sich ein. Er spielte immer noch mit ihr, brachte sie näher an ein weiteres Meisterwerk, bei dem er sich dieses Mal anschließen würde, sodass sie es zusammen schufen.

Sie knabberte an seiner Unterlippe. „Kondom."

„Deins oder meines?"

Ein wunderbares Lächeln strahlte auf ihrem Gesicht. „Meins."

Sie drehte sich weit genug, um das, was sie brauchten, aus ihrer Hose zu holen. Er stahl ihr das Päckchen, ganz konzentriert, als er sich bedeckte. Seine Hände bebten leicht, während sie sich umdrehte und Küsse auf seine Brust drückte, seine Schultern, und ihm völlig den Verstand raubte, während sie sich um ihn schlang. Haut war an Haut, gleitend, neckend.

Sobald er bereit war, drehte er sie, um wieder von ihm abgewandt zu sein, dann hob er sie und ließ sie mit den Knien auf den niedrigen Tisch hinab, die Knie weit geöffnet, das erhitzte Geschlecht perfekt ausgerichtet.

Er glitt von hinten in sie hinein.

Süßes Paradies umgab ihm. Die körperliche Lust war da, als Haut über Haut rieb, sie umgab ihn, und er schob sich mit jeder Bewegung tiefer hinein.

Aber dieses Fenster ...

Das Bild spiegelte eindeutig die Lust auf ihrem Gesicht, ihr Blick dorthin gerichtet, wo ihre Körper verbunden waren. Er ließ die Fingerspitzen über ihre Klitoris kreisen, und ihr Kopf fiel nach hinten, landete auf seiner Schulter.

„Ja. Das ist so gut."

Er stöhnte, die Worte verließen ihn, während die Erleichterung bevorstand. Ein kehliges Stöhnen kam aus ihrer Kehle. Ein Pulsieren ihrer Hüfte an seiner Hand, dann verfestigte sich ihr Griff um ihn, während sie noch einmal kam.

Sie entlockte ihm eine Reaktion, sein Orgasmus strömte herein. Die Welt wurde verschwommen, und seine Beine bebten, weil es ihn so sehr mitnahm.

Mit bebender Brust, während sie nach Luft schnappten, zog Chance sie dicht heran und blieb irgendwie auf den Beinen. Das war fantastisch gewesen, und er konnte es nicht erwarten, es noch einmal zu machen.

Er stieß mit der Nase an die Seite ihres Gesichts. „Wie geht es dir?"

Sie lachte. Weich und lustvoll und mit hundertprozentiger Zustimmung. „Sehr gut."

„Ich muss mich um das Kondom kümmern."

Sie wies mit der Hand zur rechten Wand. „Da ist das Bad."

„Willst du es erst?"

Diesmal war ihre Erheiterung lauter. „Ich glaube, du brauchst es gerade jetzt mehr als ich."

Das stimmte. Er küsste sie auf die Wange, dann trat er weit genug zurück, dass er aus ihrem Körper glitt. Sie gaben beide wenig erfreute Geräusche von sich.

Ja, das würden sie auf jeden Fall so bald wie möglich wieder tun.

Chance half ihr vom Tisch herab und stellte sicher, dass sie im Gleichgewicht war, bevor er losließ. „Ich bin gleich zurück. Geh nicht weg."

Er machte einen Schritt, bevor etwas Warmes ihn kurz auf den Hintern schlug. Er warf einen Blick über die Schulter, um festzustellen, dass sie breit grinste, während sie mit den Fingern wackelte. „Du bist echt talentiert", sagte sie. „Danke für den Spaß."

„Mit Vergnügen. Buchstäblich."

Er marschierte weg, war sich sehr bewusst, dass sie auf seinen Arsch starrte.

Eine verdammt großartige Frau.

Es dauerte nur ein paar Minuten, sich auf der Toilette sauber zu machen. Er war gerade zurück ins Zimmer getreten, als ein Klicken der Hauptwohnungstür laut im Raum erklang. „Rose?"

Die paar Schritte, die er brauchte, um das Zimmer zu durchqueren und die Ausgangstür zu öffnen, machten klar, dass seine Schönheit beschlossen hatte, jegliches unbehagliche Geplauder nach dem Sex zu meiden. Irgendwie hatte sie sich angezogen und war in weniger als zwei Minuten verschwunden.

Er überprüfte die Stufen und den Gang zu den nächsten paar Wohnungstüren, aber sie war weg. Nichts blieb übrig bis auf eine handgeschriebene Nachricht, die oben auf seinen Kleidern liegen gelassen worden war.

Gute Heimreise.
Rose

Chance zog sich an, dann kehrte er in den Pub zurück, um einmal unnütz durchzugehen, auf der Suche nach ihr. Nichts, wie er es auch erwartet hatte. Er kehrte zu der Hütte zurück, die sein Bruder ihm für den Kurzbesuch geliehen hatte, und fiel ins Bett.

Gefühlt nur wenige Minuten später weckte ihn ein üppiger Kuss, erhitzte seinen Körper und brachte ein Lächeln auf sein Gesicht. „Rose.“

Chance rollte sich zu der Göttin herum, dann fuhr er hoch, als ihm klar wurde, dass die Laken kalt waren und er allein war. Niemand war da, außer die Vision seiner spektakulären Traumfrau, die durch seine Gedanken geisterte.

Trotzdem war es ja nicht, als hätten sie nur diese eine Nacht. Vorerst vielleicht. Aber der Sommer kam. Der Gedanke daran brachte ein Pfeifen auf seine Lippen, während er seine paar Sachen zusammensuchte und sie in sein Auto lud.

Er klopfte einmal, dann schob er sich durch die Tür in die Hütte seines jüngeren Bruders.

„Gib mir Tee, bevor ich losfahre.“ Es war niemand im Hauptraum, darum hielt Chance vor dem Schlafzimmer an und hämmerte mit der Faust an die Tür, und zwar fest. „Aufwachen, Aschenputtel.“

Ein gedämpfter Fluch trieb von der anderen Seite heran. „Verschwinde.“

Chance lachte leise, bevor er sich durch das Zimmer zur kleinen Küche begab und sich mit ihren Getränken an die Arbeit machte. Er setzte den Kessel auf, fand eine Teekanne, dann suchte er nach dem, was er für die Kaffeemaschine brauchte. „Ich dachte, ihr Ranchtypen würdet alle mit dem ersten Sonnenlicht aufstehen. Werd mal wach, Bruder. Ich will unterwegs sein, bevor der Verkehr zunimmt.“

Cody schaffte es ein paar Minuten später aus seinem Schlafzimmer, mit verschwommenem Blick und grummelig.

„Ich war bis nach drei Uhr nachts wach, und das war mein einziger Morgen der Woche, an dem ich ausschlafen hätte können. Du bist ein Arsch."

„Ich bin dein großer Bruder. Ich soll dir doch die Hölle heißmachen. Willst du, dass ich ein paar Eier für dich in die Pfanne haue, während ich mir mein Frühstück mache?" Chance drückte auf den Einschaltknopf der Kaffeemaschine und drehte sich um, um sich Vorräte aus dem Kühlschrank zu holen.

„Klar. Wenn du mich schon wecken musst, kannst du auch gleich für mich kochen." Cody stellte sich neben der Kaffeekanne auf, starrte, während die Flüssigkeit die Kanne füllte, als würde er sie dazu zwingen wollen, schneller zu laufen. „Du bist heute Vormittag auf so vielen Ebenen nervig. Fröhlich, wach, alles Mögliche."

Chance schlug zwei Eier gleichzeitig in die Pfanne und grinste, während sie perfekt landeten. „Ich hatte eine gute Nacht."

Selbst bei dieser Eröffnung schaffte es Cody nicht, den Köder zu schlucken. Nutzlos bis zu seiner ersten Tasse Kaffee, wie Chance wieder einfiel.

„Setz dich, bevor du hinfällst", sagte er erheitert.

Cody hatte nichts einzuwenden, was etwas darüber aussagte, wie erschöpft er wohl war. „Tut mir leid, dass ich gestern Abend nicht mit dir ausgehen konnte. Wenn du nächstes Mal herkommst, warne mich etwas vor, und ich stelle sicher, dass wir zusammen in die Stadt können."

„Wenn ich nächstes Mal komme, ziehe ich her", rief Chance ihm in Erinnerung, widerstand dem Drang, seinen Bruder zu fragen, ob er Rose kannte. Dafür würde es später noch genug Zeit geben.

Cody verschränkte die Arme und runzelte die Stirn, als würde er sich sehr konzentrieren. „Du meinst es echt ernst damit, nach Heart Falls zu ziehen? Nicht, dass ich dich nicht hier will – das würde mir tierischen Spaß machen. Aber das sieht nicht so aus wie die Kunstmetropolen, zu denen es dich normalerweise hinzieht."

„Ich meine es ernst. Außerdem glaube ich, du musst dich mal umsehen, wie sehr deine kleine Stadt sich verändert", erklärte Chance. „Du machst vielleicht immer noch viele Sachen mit einem Handschlag und einem Nicken klar, aber so nahe, wie ihr an Calgary seid, und wie viele Leute raus aufs Land ziehen, ist es eine andere Welt. Das weißt du auch. Du arbeitest auf einer Touristenranch, die Besucher bedient."

„Schätze schon."

Nein, Chance hatte das durchdacht. „Hier eine Galerie zu haben, würde es zu einem Touristenziel machen, aber noch mehr als das, da digitale Verkäufe durch die Decke gehen, bekomme ich in Heart Falls, wenn ich mich hier niederlasse, ein tolles Grundstück, ohne die Kosten zu tragen, die in einer großen Stadt fällig werden." Er schenkte seinem Bruder eine Tasse Kaffee ein und stellte sie vor Cody auf, bevor er seinen eigenen Tee mit einem Schuss Milch vorbereitete. „Ich habe es genossen, in Europa und Irland zu leben, aber ich würde gern für immer nach Kanada zurückkehren. Außerdem habe ich es aus irgendeinem unbekannten Grund vermisst, in deiner Nähe zu sein."

„Geht mir auch so, Bro. Dein verdammter Akzent ist wieder so, wie er beim ersten Mal war, als du nach Kanada gezogen bist. Das gibt einem das Gefühl, du wärst länger weg gewesen, als es tatsächlich der Fall war." Cody nahm einen großen Schluck der brühend heißen Flüssigkeit, bevor er den Kopf schüttelte. „Ich freue mich darauf, dich in der Gegend zu haben. Du wirst das Reisen nicht vermissen?"

„Es sagt doch nichts, dass ich nicht noch reisen kann. Aber ich will mich niederlassen, Cody. Es ist Zeit."

Niederlassen hatte nichts damit zu tun, verminderte Umstände auszuhalten, sondern alles damit, sich die guten Dinge zu schnappen, die er bis jetzt verzögert hatte. Die Wurzeln einer Gemeinschaft und der Besitz eines Hauses. Die Vollzeitkameradschaft mit seinem Bruder anstatt nur vorübergehende Augenblicke.

Vielleicht sogar eine dreiste Frau in seinem Leben, die ihn auf Trab hielt.

Er hob seine Tasse vor Cody. „Am Canada Day bin ich hier. Ich kann es nicht erwarten."

Das Grinsen seines Bruders wurde breiter. „Du willst schon vom ersten Tag an mitten ins Leben vor Ort reinspringen?"

„Natürlich."

In Codys Augen funkelte Erheiterung. „Dafür werde ich sorgen."

Auch wenn alle Warnsignale ansprangen, dass irgendwas im Busch war, war Chance zu glücklich mit seinen Plänen, um nachzufragen. „Mach ruhig. Ich bin für alles bereit."

4

Wirbelnde Zufriedenheit stellte sich ein, als Rose die letzten Verfeinerungen an den Tischdekorationen des Gemeinschaftsevents in Heart Falls zum Canada Day vornahm.

Also die Kinderspiele, eine Familienversammlung, eine Gemeinde-Tombola, und aus irgendeinem Grund eine Junggesellenversteigerung. Es war die seltsamste Kombination aus Ereignissen, aber irgendwie funktionierte es in Heart Falls.

Als Bonus bedeutete es Einkommen für sie. Die Bezahlung dafür, die Tischdekoration und die Bühne zu übernehmen, würde den Großteil der Ausgaben des Monats abdecken. Das bedeutete, in ein paar Stunden hätte sie ein weiteres erfolgreiches Event gemeistert, und den ganzen Monat Juli, um zusätzliches Geld zu sparen.

Ein bisschen was zusätzlich, um es wegzustecken, war

richtig. Letzten Monat hatte sie mitgehört, dass Mr. Jordan bestätigte, dass er in den Ruhestand ging und sein Fotogeschäft schloss – was bedeutete, der Raum neben Buns and Roses, den sie schon jahrelang beäugt hatte, würde zur Verfügung stehen. Es wäre die perfekte Gelegenheit, um Buns and Roses zu erweitern.

Der Juli macht sich schon ganz prächtig. Ganz wunderbar, und alles, was sie sich erhofft hatte.

Ihr Liebesleben war allerdings immer noch langweilig und schien auch so festgefahren. Die eine Nacht der Freude, die sie sich gestohlen hatte, spielte sich öfter in ihrem Gehirn ab, als es hilfreich war. Besonders da sie sich jedes Mal, wenn ihr einfiel, was sie getan hatte, auf die Zunge beißen musste, um nicht die Katze vor ihren Schwestern oder Freundinnen aus dem Sack zu lassen. Bis auf Petra, die am nächsten Morgen einen sehr begrenzten, kompakt zusammengefassten Einblick in die Geschehnisse erhalten hatte, wusste es niemand.

Nein, diese Nacht war inzwischen ein wunderbarer Teil von Roses Geschichte. Sie war froh, dass sie diese Erfahrung hatte genießen dürfen, aber nun war sie bereit, sich auf die anderen Dinge in ihrer Welt zu konzentrieren, die man auf die nächste Ebene hieven musste.

Nachdem die Tombola und der Kuchenverkauf fertig waren, wurden die Tische auf eine Seite des Raumes gerückt. Die Stühle wurden umgestellt, und die Versteigerung begann.

Malachi Fields, Roses Vater und der beliebte Moderator des Events, trat auf die Bühne und lächelte in den Raum. Seine dunklen Lockenhaare waren an den Schläfen inzwischen von Silber durchwirkt, aber er war immer noch gut aussehend und genau der Bühnentiger, der er schon immer gewesen war.

Er schnappte sich das Mikro in einer starken Hand und richtete sich an die Menge. „Willkommen zur jährlichen Junggesellenversteigerung in Heart Falls. Die Gelder sind heute schon für den Hope Fund und das Heart Falls Neuzugangskomitee bestimmt. Wir wollen Flüchtlinge gerne in ihren neuen Häusern willkommen heißen und uns um jene kümmern, die schon jahrelang in unserer Gemeinde leben und Hilfe benötigen. Also bietet häufig und bietet großzügig. Dann lernen wir mal unsere Junggesellen kennen, was?"

Rose hatte nicht vor, dieses Jahr zu bieten. Das hatte sie in der Vergangenheit getan, wenn sie konkrete Ziele gehabt hatte – wie einen Partner für eine Hochzeit, an der sie teilnehmen wollte. Ansonsten kannte sie alle Männer vom Ort, und obwohl es mit manchen Spaß machte, zu tanzen, waren für sie keine von ihnen Material für eine Langzeitbeziehung. Sie würde eine andere Möglichkeit finden, um zum Gemeindefonds beizutragen.

Sie ließ ihre Gedanken zu der Woche vor ihr wandern und rechnete sich aus, wie viel sie Mr. Jordan anbieten konnte, um die Pacht seines Ladens zu übernehmen. Es brauchte ein Lachen, und dass Tansy sie in den Ellbogen stieß, damit Rose bemerkte, dass ihre Schwester sich aufspielte.

Schon wieder. Typisch Tansy.

Sobald Rose aufpasste, wurde ihr klar, dass Tansy wie wild auf alle Junggesellen setzte. Also auf jeden einzelnen. Bisher hatte sie noch kein Date gekauft, aber sie hatte es geschafft, die Spendenpreise weit über das hinaus zu treiben, was normalerweise bei dem Event bezahlt wurde.

„Fünfhundert*fünf*undzwanzig." Tansy grinste die Frau in der vordersten Reihe an, die auf den jüngsten Stone-Bruder Dustin bot. „Du weißt, dass du ihn willst."

„Fünfhundertfünfzig. Und damit war es das aber dann." Die Frau wedelte mit dem Finger in Tansys Richtung. „Was du weißt, weil ich das heute Vormittag erzählt habe, als ich meinen Kaffee bei Buns and Roses geholt habe. Ganz schön verschlagen."

„Hey, es ist für das Wohl der Gemeinde", sagte Tansy. Ihre blassen Wangen wurden rot vor Energie und Glück.

„Keine weiteren Gebote mehr", verkündete Malachi rasch, schoss Tansy einen warnenden Blick zu. „Verkauft für fünfhundertfünfzig."

Rose stieß Tansy in die Schulter und sprach leise in ihr Ohr. „Das hast du inzwischen fünfmal gemacht. Die Gebote hochgezogen, bis sie an ihrem Maximum waren, und dann hast du dich verabschiedet. Ein gefährliches Spiel, Schwester."

„Nicht wirklich. Ich meine, wenn ich zufällig gewinne, würde ich zahlen und aufhören. Aber da ich vielleicht womöglich ein paar unterschiedliche Unterhaltungen in den letzten Wochen bei Buns and Roses mitgehört habe und so ziemlich weiß, wo das Limit von allen liegt, ist es zum Großteil Spaß."

Rose starrte ihre Schwester an. „Du bist unglaublich."

„Weiß ich. Aber es ist für das Wohl der Gemeinde, ob ich also fair spiele oder nicht, ich wirke meine Magie." Tansy rieb die Handflächen aneinander und grinste fies.

Auf dem Podium klatschte ihr Vater in die Hände, um die Aufmerksamkeit des Raumes auf sich zu ziehen. „Ich habe eine Überraschung für euch. Der letzte Junggeselle, auf den gesetzt werden kann, ist eigentlich zwei Junggesellen. Mir wurde gerade diese Information zugetragen, und ich bin begeistert, sie mit euch zu teilen."

Er deutete auf die Seite der Bühne. Die Männer, auf die bereits geboten worden war, starrten zum Vorhang.

Zwei neue Männer traten vor, ein vertrauter Cowboy, und ein Mann in einem tollen Anzug. Er drehte sich, um einem der anderen Männer auf der Bühne die Hand zu schütteln, sein Gesicht war nicht zu sehen.

„Ihr kennt alle Cody Gabrielle, den Gebäudeverwalter auf der Red Boot Ranch. Er ist begeistert, uns seinen älteren

Bruder vorzustellen. Kürzlich aus Irland zurückgekehrt, so weit ich es verstehe. Chance hat vor, sich in Heart Falls niederzulassen und zu tun, was er kann, um unseren künstlerischen Horizont mit einer Galerie und einem Kunstatelier zu erweitern."

Ihr Vater sprach weiter, doch Rose konnte nichts hören, weil das Blut in ihren Ohren rauschte.

Chance. Irland.

O nein. Nein, nein, *nein*.

Erst als der mysteriöse Mann sich schließlich umdrehte und zur Menge schaute, während er freundlich über die laute Runde Applaus lächelte, nahm Rose drei nicht zu leugnende Wahrheiten zur Kenntnis.

Chance war genauso gut aussehend, wie sie ihn in Erinnerung hatte. Brachte sie genauso zum Erbeben. Und eindeutig war sie beschissen in geheimen One-Night-Stands, denn irgendwer in ihrer Kleinstadt würde die Information früher oder später erschnüffeln.

Sie und Tansy saßen weit genug von der Bühne entfernt, dass Rose sich keine Sorgen machen musste, ihm direkt in die Augen zu schauen, was bedeutete, dass sie ihn begutachten und versuchen konnte, nicht zu sabbern.

In der Nacht, in der sie ihn aufgegabelt hatte, war Chance ein Augenschmaus gewesen, in maßgeschneiderte Hose und ein Hemd gekleidet. Sie hatte ihn nackt gesehen – auch toll. Aber in diesen Anzug gekleidet ...

Lieber Gott, sie würde gleich umkippen.

Während sie im Geiste ums Gleichgewicht kämpfte, hatte ihr Vater die nächste Auktion begonnen. Cody stand zur Debatte, wie es schien, als er vortrat und der Frau rechts von der Bühne zuwinkte, die gerade dreihundert Dollar geboten hatte.

„Dreihundertfünfzig", ließ sich Tansy vernehmen.

Rose legte sich eine Hand übers Gesicht. „Bitte mach das nicht."

„Das muss ich, fürchte ich." Ohne einen Hauch Bedauern überbot Tansy weiter, bis sie schließlich hochschoss und dreist verkündete: „Achthundert Dollar. Das verdopple ich, wenn ihr auch noch den anderen Bruder drauflegt."

Rufe und erheitertes Keuchen wurden laut bis unters Dach.

Malachi Fields funkelte seine Tochter an. „Ich dachte, wir hätten die Regeln festgelegt – man kann nicht mehrere Junggesellen kaufen. Man kann keine Junggesellen unter Bietenden teilen. Also, haben wir nicht konkret *dich* letztes Jahr vom Bieten ausgeschlossen, als du irgendwie drei Dates gekauft *und* am Ende auch noch einen Hühnerstall hattest?"

Tansy drückte sich einen Finger auf die Lippen und dachte nach, dann schüttelte sie fest den Kopf. „Nein. Kein Gesetz, außer ihr zählt diesen Abend beim Abendessen letzten Monat, als ihr die Tugenden von fürsorglichen und achtsamen Töchtern erwähnt und vorgeschlagen habt, dass ich es mir noch mal überlegen soll, ob ich an der diesjährigen Auktion teilnehme, um deines Blutdruckes willen." Sie wedelte mit der Hand königlich im Raum herum. „Keine Sorge, ihr alle, ich habe bei Mama nachgefragt. Seine Werte sind jugendlich wie bei einem Hühnerküken. Es scheint, als hätte er da vielleicht ein ganz klein wenig übertrieben, also voilà, hier bin ich."

Ihr armer Vater bekam hinter dem Versteigerungspodium einen Anfall. Er kniff sich tatsächlich in den Nasenrücken. „Kann mir mal jemand sagen, warum ich mich dafür jedes Jahr freiwillig melde?"

Während die Menge lachte und Vorschläge machte, schoss Rose Tansy eine Frage zu, so leise und panisch, wie sie nur konnte. „Zwei Typen? Was machst du denn?"

Tansy zuckte mit den Schultern. „Es gibt zwei von uns. Ich

date den einen, und du den anderen. Ich dachte, das wäre im Interesse der Effizienz, du weißt schon. Um die Dinge im Rollen zu halten."

Die Lehrerin im Ruhestand in der Reihe vor ihnen hörte mit und drehte sich im Sitz, um Tansy entschlossen und zustimmend zuzunicken. „Mir gefällt, wie du denkst." Sie drehte sich weg, bevor Rose etwas einwenden konnte, und winkte Malachi, um seine Aufmerksamkeit zu erhalten. „Mach dir keine Sorgen. Du hast gute Mädchen, Malachi. Zwei für zwei, sagt Tansy. Sie kriegt einen, und Rose bekommt den anderen. Und da ich einen Braten im Ofen habe und nach Hause muss, werfe ich für sie vierhundert mit in den Pott, damit es genau zweitausend Dollar für die Gabrielle-Jungs sind."

Geld für den Fond war Geld für den Fond. Malachi schaute sich im Saal um. „Irgendwelche höheren Gebote für unsere letzten beiden Junggesellen?"

„Zum Ersten, zum Zweiten, zum Dritten, verkauft", rief Mrs. Wilson über ihn hinweg, schob sich hoch und schnappte sich ihre Taschen. „Schönen Tag allen. Danke für den Kuchen, Tansy. Genießt ihr Mädchen mal, die Münze zu werfen, um herauszufinden, wer welchen Junggesellen kriegt."

5

———

*N*eckendes Gelächter tanzte weiter durch die Luft, während die gekauften Junggesellen unterwegs zu ihren zukünftigen Dates waren.

Rose war bereit, zu verschwinden. Wenn sie nur so leicht abhauen hätte können wie in der Nacht, in der sie Chance getroffen hatte.

Da das nicht möglich war, tat sie das Nächstbeste. Sie wirbelte zu ihrer Schwester herum und schlug sie auf den Arm. „Hast du dich überhaupt mal *gefragt*, ob ich einen von ihnen daten will?"

Tansy rümpfte die Nase. „Ups. Daran habe ich nicht gedacht."

„Natürlich nicht", beschwerte sich Rose. „Außerdem, woher hast du denn das ganze Geld?"

Es war leichter, sich darauf zu konzentrieren, als auf das echte Problem. Darauf, wie Chance über die Bühne herankam, Cody an seiner Seite. Die zwei waren auf einem langsamen, aber bestimmten Pfad, der Rose fertigmachen würde.

Zum Glück gab es Gemeindemitglieder, die Chance vorgestellt werden wollten, weil er neu in der Stadt war.

O du lieber Gott, was hatte sie getan? Nicht heute, aber in einer heißen Nacht vor drei Monaten.

Dieses eine Mal schien die aufmerksame Tansy Roses Unbehagen nicht zu bemerken. Sie kam ganz nahe und flüsterte so leise, dass diesmal keiner mithören konnte.

„Karen Coleman hat mir das Geld zum Bieten gegeben. Sie sagte, sie suche nach einer Möglichkeit, es der Gemeinde anonym zukommen zu lassen. Einen Tag später hat Kelli Stone es genauso gemacht. Sie haben mich beide zur Geheimhaltung verpflichtet, darum hört diese Information auch hier auf." Sie zog sich zurück und schaute Rose in die Augen. „Ach, verflixt. Du bist echt genervt. Tut mir leid. Ich habe wirklich gedacht, das wäre kein so großes Ding."

Rose schüttelte den Kopf, wollte nicht, dass Tansy sich Vorwürfe machte, weil sie eine aufgedrehte Nervensäge war. „Ist schon okay. Es bist nicht wirklich du oder das Gebot."

„Aber ich weiß, dass du nicht gern Zeit mit Unbekannten verbringst. Keine Sorge, wir werfen keine Münze oder so was. Du bekommst Cody, und ich nehme Chance, und wir gehen zusammen im Rough Cut tanzen. Ganz einfach."

Was süß und fürsorglich war, und völlig falsch. „Du kannst Chance nicht daten."

Tansy runzelte die Stirn, schaute hinüber, wo die Typen kaum die Hälfte der Strecke zu ihnen bewältigt hatten. „Kann ich nicht? Stimmt irgendwas nicht mit ihm?"

Er küsste wie ein Gott, hatte talentierte Finger, und Rose hatte detaillierte versaute Träume genossen, wie sie ihn in einem dunklen Raum in die Ecke trieb und ihn neckte, bis er die Kontrolle verlor.

War etwas mit dem Mann falsch? Auf gar keinen Fall.

Sie öffnete den Mund, um es zu erklären, doch es kam nichts heraus.

Tansy kniff die Augen zusammen. „Was versteckst du denn? Denn das ist dein Gesicht, wenn du was versteckst."

Sie hatte ein Gesicht, mit dem sie was versteckte. Gute Güte. Rose schaffte es, Tansy anzufunkeln. „Du nervst."

„Aber ich bin klug, und ich habe recht, oder?" Ihre Schwester ließ einen Arm um Roses Taille gleiten und scherzte: „Erzähl Tansy jedes schmutzige Geheimnis."

„Ich kenne ihn."

„Echt?" Überraschung wich einem Bruchteil später verschlagener Erheiterung. „Auf die biblische Art?"

Rose schlug ihrer Schwester wieder auf den Arm. „Halt deine Stimme leise."

Tansys Mund stand offen, und sie trat einen halben Schritt zurück. „O mein Gott, ich habe nur geraten, aber es stimmt. Du hast körperliches Wissen über Mr. Tausend-Dollar-Anzug?"

„Ja." Rose zischte das Wort.

Ihre Schwester beugte sich vor. „Wenn es Scheiße war, dann ghosten wir sie ..."

„Es war nicht scheiße", fuhr Rose sie an. Dann stellte sie fest, dass die Erheiterung plötzlich größer war als ihre Verlegenheit. „Es war toll, aber es hätte ein One-Night-Stand sein sollen. Ich dachte, ich würde ihn niemals wiedersehen."

Tansy nickte, tätschelte Rose mitfühlend die Schulter. „Manchen Frauen ist One-Night-Stand-Herrlichkeit bestimmt, und manchen Frauen einfach ..."

„Ach, halt's Maul", murmelte Rose liebevoll, bevor Tansy ihre Talente im Aufgabeln von Männern beleidigen konnte, oder irgend so ein typischer Unsinn. Das Hin und Her zwischen ihnen war immer auf liebende Art gemeint, aber da die Brüder näherkamen, musste sie das klären. „Chance gehört mir."

„Kein Problem." Tansy wies auf die beiden Männer. „Trotzdem können wir noch die Lösung Tanzen bis wir umfallen machen, falls du willst."

Wollte sie? Sich nur in einem öffentlichen Umfeld zu treffen, könnte bedeuten, eine schwierige Unterhaltung zu meiden.

Zu spät. Cody war bereits da. Er grinste Tansy an und bot Rose einen raschen Griff an die Hutkrempe.

„Ladys, ich würde euch gern meinem Bruder Chance vorstellen. Er ist ein wenig steif, im Anzug und so, aber ich verspreche, er ist ein guter Kerl unter dieser anwaltsmäßigen Verkleidung. Obwohl ich ihm diese Auktion in letzter Minute vor die Füße geworfen habe." Cody schlug mit der Hand Chance auf den Rücken. „Okay, ich habe gelogen. Ich habe ihm alles eröffnet, zehn Sekunden, bevor wir auf die Bühne gegangen sind, und ich muss schon sagen, der Augenblick war süß. Chance, das sind Tansy und Rose."

Roses Verstand war an dem Wort *steif* hängengeblieben. Es war eine gute Beschreibung für den Mann, den sie bereits kannte, nicht wegen seiner derzeitigen Aufmachung, sondern wegen seines ...

Ihr Blick landete auf seinem Gesicht, und sie betete fiebrig darum, dass er durch irgendein Wunder eine Amnesie erlitten hatte, seit sie sich zuletzt begegnet waren.

Chance neigte kurz das Kinn vor Tansy, dann richtete er seine ganze Aufmerksamkeit auf Rose. Er nahm ihre Finger und hob ihre Hand an seine Lippen. „Rose."

„*Scheiße.*"

Das Wort entglitt ihr. Es ließ sich unmöglich zurückhalten, wenn sie ehrlich war.

Seine Lippen zuckten. „Hast du deinen Kalender zur Hand? Ich würde unser nächstes Date gern so bald wie möglich einrichten."

Neben ihm war Cody abrupt stehen geblieben, in seinem Lächeln erstarrt, während sein Blick zwischen seinem Bruder und Rose hin und her schoss. „*Nächstes* Date?"

Tansy verdrehte die Augen und warf einen kameradschaftlichen Arm um Codys Schulter, um ihn zu dem Tisch mit dem Kuchen zu ziehen, den sie noch abräumen mussten. „Komm schon, mein Junggeselle Nummer elf. Du kannst mir helfen, die Sachen einzupacken, während wir planen, dass du mich auf einen Geländeritt mitnimmst."

„Nummer *elf*? Echt jetzt? Kein Wunder, dass dein Dad graue Haare kriegt."

Codys Stimme erklang in der Ferne, und es war niemand da, um Rose vor dem Schlamassel zu retten, den sie unabsichtlich geschaffen hatte.

Druck auf ihren Fingern holte ihre Aufmerksamkeit zurück zu dem schick gekleideten Mann vor ihr. „Rose. Ist es okay für dich, dich mit mir zu treffen?"

Sie holte tief Luft und stieß sie langsam aus, ihr Blick wanderte über ihn. Das perfekte dunkle Haar, das sanfte Lächeln. Der Anzug ...

Himmel, der *Anzug*.

Sie brauchte Willenskraft, um sich zu konzentrieren, und sie konnte nur aufrichtig sein. „Ich habe das nicht erwartet", gab sie zu.

„Ich auch nicht. Zumindest nicht den Teil mit der Versteigerung." Er rümpfte die Nase vor seinem Bruder und Tansy, die inzwischen zusammen lachten, während sie die übrigen Kuchen einpackten. „Ich werde mir eine passende wunderbare Belohnung ausdenken müssen."

Rose hüstelte. „Du willst ihn *belohnen*?"

„Ja. Was den zusätzlichen Nutzen haben wird, ihn total auf die Palme zu treiben, denn er hat erwartet, dass ich angepisst bin."

Sie verstand das Gefühl völlig. „Geschwister. Man steht immer vor der Entscheidung, ob man ihnen den Hals umdrehen oder sie umarmen möchte."

Er lachte leise, schob sich die Hände in die Taschen und schien sich plötzlich nicht mehr so sicher zu sein. „Rose, würdest du mir die Ehre erweisen, dich mir bei einem Picknick anzuschließen?"

Er sollte nicht hier in Heart Falls sein, doch das war er. Ganz gleich, wie verlegen sie war, dass das der Mann war, vor dem sie sich spontan nackt gemacht hatte, der sie nun ganz süß fragte, ob sie mit dem ausging ...

„Ja. Das würde mir gefallen", gab sie zu.

Denn vielleicht, nur vielleicht, wenn sie mutig genug war, um Ja zu etwas Großem zu sagen, wie einem sexuellen Abenteuer, bedeutete das, dass sie auch mutig genug dafür sein konnte.

Cody verschwendete keinen Augenblick. Er grätschte rein, sobald sie im Truck und zurück zur Ranch unterwegs waren. „Du hast mir nie erzählt, dass du Rose kanntest."

„Am letzten Morgen, als ich dich gesehen habe, warst du nicht sehr gesprächig. Ich habe sie an diesem Abend im Pub getroffen. Wir haben getanzt", erklärte Chance.

Es war eine sehr abgekürzte Version dessen, was sie getan hatten, aber der Miene auf ihrem Gesicht nach zu urteilen, war sie sowohl überrascht als auch erfreut gewesen, ihn wiederzusehen, aber die Freude war ein wenig zögerlicher gewesen.

Er fragte seinen Bruder: „War Rose schon mal ernsthaft mit jemanden zusammen?"

Cody zuckte mit den Schultern. „Nicht, seit ich in der

Stadt bin." Er schaute kurz rüber, bevor er sich wieder auf die Straße konzentrierte. „Das ist ein Date für die Wohlfahrt. Ich weiß nicht, woran du gewöhnt bist, aber das ist nur zum Spaß und soll auch ganz locker sein. Du musst es nicht zu ernst nehmen."

Musste er das nicht? Alles in Chance sagte, dass es wichtig war.

Jetzt zu weiteren Einzelheiten. Denn das passierte wirklich. Dass er sich in Heart Falls niederließ. Dass er Wurzeln schlug.

Er hatte einen Laden gekauft, ohne ihn zu sehen. Er hatte Kunst und Gemälde, die bereits aus Irland hergeschafft wurden, und die noch in diesem Monat ankommen würden. „Sie hat gesagt, sie hat einen Blumenladen."

Sein Bruder nickte. „Ja. Blumen und aller mögliche Schnickschnack. Es ist die andere Hälfte des Cafés Buns and Roses. Tansy ist eine verflixt gute Köchin und bäckt auch alles. Die Speisekarte ist klein, aber alles macht süchtig und hat viele Kalorien. Wir können morgen vorbeischauen, wenn du magst."

„Morgen habe ich keine Zeit", sagte Chance. „Ich sehe mir Häuser mit dem Immobilienmakler an. Aber ich würde gern bald mal hingehen."

Cody lachte leise und sachte. „Du machst das wirklich. Du zögerst nicht, tauchst einfach voll ins Kleinstadtleben ein mit einem Haus und einem Geschäft und dem ganzen Rest."

„Tue ich, aber du vergisst den wichtigsten Teil dieses Neuanfangs." Chance legte Cody eine Hand auf die Schulter. „Freunde und Familie. Ich werde dich haben, Bruder, und darum bin ich dankbar. Es wird gut sein, endlich ein paar neue Erinnerungen als Erwachsene zu schaffen."

„Die alten Erinnerungen sind nicht so schlecht." Sein Bruder hielt ihm eine Faust hin, in die er einschlagen konnte.

„Aber verdammt richtig, du hast mich. Und noch mehr, du hast eine Menge weiterer Typen, die du gerne kennenlernen wirst. Der Mann meiner Chefin und seine Freunde sind das Salz der Erde. Wir wollten uns an einem Freitag demnächst mal treffen. Du bist auf jeden Fall eingeladen."

„Danke noch mal." Chance lehnte sich in seinem Sitz zurück und musterte die frischen grünen Pflanzen auf den Feldern rund um sie. „Jetzt zu ein paar Details, die sich aus unserer ganz interessanten Nachmittagsexkursion ergeben. Du nimmst Tansy auf einen Geländeritt mit?"

„Das will sie", sagte Cody. Er runzelte die Stirn, dann schüttelte er den Kopf, als würde er die Richtung ändern. „Du scheinst glücklich damit, ein Date mit Rose zu kriegen."

„Ich hatte bereits vor, sie anzurufen, sobald ich zurück in Heart Falls bin", gab Chance zu. „Ich werde deine Hilfe brauchen, um die Picknickstelle zu planen."

„Ist drin."

„Und du musst mir erzählen, warum es dich nicht zum Lächeln bringt, dass du Tansy auf einen Geländeritt mitnimmst."

Cody grollte kurz. „Ich hatte gehofft, dass du diese Fähigkeit verloren hast."

„Gedankenlesen?"

„Die Angewohnheit, ein neugieriger Bastard zu sein", knurrte Cody.

Chance lachte. „Beantworte die Frage."

Sein Bruder zuckte mit den Schultern. „Sie ist eine nette Frau, und wie ich sagte, sie kann kochen wie keine andere. Aber ich mag sie als Freundin, nicht jemanden, mit dem ich zusammen sein könnte."

Interessant. Außerdem vermutlich auch nicht das Problem, für das sein Bruder es hielt. „In welcher Kategorie Idiot spielst du denn? So, wie sie sich benommen hat, während ihr das Essen aufgeräumt habt, würde ich sagen, sie denkt über dich dasselbe. Nimm doch bloß nicht an, dass sie vorhat, sich auf dich zu stürzen, während ihr auf den Pferden sitzt."

„Freunde sein ist gut, aber ich will sie nicht hinhalten, weißt du, was ich meine?" Cody bog in die Zufahrt zu der Touristenranch ab.

Eine Reihe von Trucks war in der Nähe des gemütlichen Hauses im Ranchstil an der Westseite des Grundstücks geparkt. Hier und da marschierten Leute zwischen den Hütten herum, aber Cody versicherte ihm, dass die Besitzer das erste Wochenende im Juli nur für die Familie gebucht hatten. „Komm schon. Ich werde dich allen offiziell vorstellen."

Der Rest des Tages verging schnell, und der nächste ebenso, als ein Notfallausflug nach Calgary anstand. Chance musste sich mit Zollpapieren herumschlagen, und zwar sofort und persönlich, oder seine Lieferung von seiner letzten Galerie würde wochenlang in Irland festsitzen. Das bedeutete, dass er direkt die Kaufurkunde für sein neues Atelier in Heart Falls unterschrieb, ohne den Raum auch nur je direkt gesehen zu haben. Was für ein Glück, dass es Technik gab, oder er hätte den Zuschlag vielleicht verloren.

Als er es schließlich zurück in den Ort schaffte, hatte Cody den Rest des Abends damit verbracht, auf die Art zu grinsen, wie es nur ein jüngerer Bruder konnte. „Chance, du bist wie eine Katze, die zwischen einer Pferdeherde rumläuft. Beruhig dich mal."

Es war unmöglich, sich zu beschweren, dass er normalerweise ruhig, cool und gefasst war, denn seit der Versteigerung war sein ganzer Körper durchgedreht. Er war nervös, aufgeregt und viel, viel zu enthusiastisch.

Das Schicksal hatte angefangen, zu seinen Gunsten zu arbeiten, indem es Rose nicht nur zurück in sein Leben, sondern auf eine ganz entschiedene Art zurückgebracht hatte. Konnte irgendwas schiefgehen, wenn sich alles richtig anfühlte?

Chance schlief ein und zählte die Stunden bis zu ihrem Date.

6

———

Der Sonntag dämmerte hell und klar, der Himmel so blau, dass Chance einmal mehr sicher war, dass ihr Picknick vom Himmel ausgerichtet wurde.

Er musste sich zurückhalten, um nicht viel zu früh an ihrer Tür aufzutauchen.

Rose hatte ihm den Weg zum Hintereingang ihres Ladens abseits der Gasse hinter der Hauptstraße gewiesen. Er lächelte, während er die lange Längsseite der Gebäude musterte, jeder einzelne Laden mit einem eigenen Hintereingang an einer zweiten Tür, von der er wusste, dass sie zu den Wohnungen im ersten Stock hinauf führten.

Die Tür öffnete sich, und ein umwerfender Duft trieb heraus, während Rose sich ihm anschloss. Rosmarin und Tomaten und üppiger, buttriger Käse.

Sein Mund wurde noch wässriger, als er sie betrachtete. Jeansshorts und ein tiefblaues Top, über das ein pastellfarbenes Hemd geknotet war. Ihre Turnschuhe hatten ein blaues Schachbrettmuster, und sie hatte ihre dunklen Haare zu einem Pferdeschwanz gebunden. Das krönende Detail war ein

46

breitkrempiger Strohhut mit blassgelben Rosen, die auf einer Seite steckten.

Sie wirkte wie ein perfekter Sommertag, als sie ihm mit entschlossener Selbstsicherheit in die Augen schaute. „Hi.“

Er griff nach der Decke, die sie über die Schulter gelegt hatte, und der Tasche in ihrer Hand. „Hallo. Du siehst hübsch aus.“

Sie machte einen Knicks, dann lächelte sie breiter. „Du auch.“

Autsch. Er verzog das Gesicht, während er auf seinen Mietwagen deutete. „Das ist ein grausames Kompliment für einen Mann, der gehofft hat, du würdest dich zu ihm hingezogen fühlen. Außer du magst hübsch, natürlich.“

Ein Lachen trieb zurück, als sie an der Beifahrertür stehen blieb und darauf wartete, dass er ihre Sachen in den Kofferraum legte. „Ich glaube, wir haben schon beim ersten Mal, als wir uns getroffen haben, festgelegt, dass ich dich attraktiv finde.“

Gut. Sie würde nicht so tun, als hätten sie nie miteinander geschlafen. Er öffnete ihre Tür, dann trat er leicht zurück. Nur weit genug, um sie vorbei zu lassen, und doch dicht genug, um den Anblick ihrer glatten braunen Beine zu genießen, als sie auf den Beifahrersitz glitt.

„Das bisschen Vorgeschichte legt irgendwie schon eine andere Grundlage für unser Date, und doch habe ich einen Vorschlag. Wenn ich darf?“ Er ging wegen der offenen Tür in die Knie, damit ihre Augen auf gleicher Höhe waren.

Rose hob eine Augenbraue.

„Ich bin froh, dass wir diese Nacht hatten, aber du musst wissen, dass ich nicht erwarte, dass wir da heute wieder landen. Oder morgen.“ Als sie das Gesicht verzog, lachte er leise, nahm ihre Finger und holte sie an den Mund, um sie sanft auf die Knöchel zu küssen. Als er wieder sprach, war seine Stimme leicht belegt, blieb aber locker. „Ich habe vor, dass wir da wieder hinkommen, und zwar nicht zu weit in der Zukunft, aber das ist ein Neuanfang. Keine Erwartungen. Nur zwei Leute, die einander kennenlernen."

Sie seufzte nicht direkt erleichtert, aber die Anspannung in ihren Schultern ließ ein kleines bisschen nach. So sehr, dass es ihm auffiel.

„Das würde mir gefallen", gab sie zu. „Alles daran. Dich kennenzulernen und die Möglichkeit einer Wiederholung in einer nicht allzu fernen Zukunft. Wenn ich ehrlich bin."

„Bitte immer ehrlich", bat er eindringlich. „Jetzt brauche deine Hilfe, um den Anweisungen zu folgen, die mein Bruder gegeben hat, denn sie sind angeblich einfach, aber ich habe keine Ahnung, wo TWP47 bedeutet, dass ich abbiegen soll."

Er drückte ihre Hand, dann schloss er sich ihr im Auto an und wartete, während sie sich die Wegbeschreibung anschaute.

Ihre Lippen wölbten sich nach oben. „Dort hat Cody vorgeschlagen, dass wir ein Picknick machen?"

„Keine gute Stelle?"

Sie drehte sich zu ihm, und in ihrem Blick funkelte Erheiterung. „Cody ist wohl tief im Herzen ein absoluter Romantiker. Es ist ein wunderbarer Ort, und einer, den du auf jeden Fall sehen musst, wenn du in Heart Falls wohnen wirst."

Sie fuhren aus der Stadt und ganz kurz nach Norden, die sommerlichen Felder leuchteten vor Leben. Vieh weidete auf den weit offenen Flächen, und das alles ließ sein Herz vor Glück ganz groß werden. „Das ist nicht so anders wie die Weiden von Irland."

„Das habe ich schon gehört. Auch Schottland, nach allem, was die Leute sagen." Sie deutete leicht nach vorne. „Das ist unsere Abbiegung."

Sie waren jetzt unterwegs zu den Rocky Mountains hin, die riesigen Gipfel in der Ferne waren immer noch schneebedeckt. Die niedrigeren wogenden Hügel in ihrer Nähe waren grün und der perfekte Schauplatz, auf dem Götter spielen konnten.

Chance lächelte vor sich hin. „Warst du schon viel auf Reisen?"

„Nein. Wir sind von Calgary hergezogen, als ich zwölf war, und seitdem war ich immer ein Mädchen aus Heart Falls."

Chance wurde langsamer, während die Straße steiler wurde, in Serpentinen vor und zurück anstieg. „Würdest du gern reisen?"

Rose hatte die Nase mehr oder weniger ans Fenster gedrückt. „Würde ich, aber ich muss zugeben, es ist keine Folter, hier zu leben."

Sie fuhren um eine weitere Ecke, das Tal breitete sich in einem schwindelerregenden Ausblick vor ihnen aus. Chance wurde langsamer und blieb stehen, um bewundernd hinzuschauen. „Fantastisch."

Grün und golden und blau und braun. Jeder Farbton vermischte sich zu einem Mosaik, aus dem das Leben explodierte. Ein Fluss schlängelte sich durch alles hindurch. Das Sonnenlicht glitzerte auf seiner Oberfläche wie ein Silberband, das durch die breiten Grasländer bis ganz zum östlichen Horizont geflochten war.

Er hätte sehr viel länger hinstarren können, aber Rose legte ihm eine Hand auf den Arm. „Fahren wir, bevor noch jemand kommt. Weiter vorne gibt's noch mehr zu sehen."

Nur fünf Minuten später hatten sie auf einem breiteren Stück der Straße geparkt, dicht an der Hügelflanke. Chance legte die Picknickdecke über die hellrote Kühltasche, was das Einzige gewesen war, was Cody besaß, um ihr Essen aufzubewahren.

Rose bot ihm ihre Hand und wies mit dem Kopf zu einem kaum sichtbaren Weg im hohen Gras. „Hier entlang."

Sie waren nur ein paar Schritte gegangen, als ein seltsames Geräusch Chance in den Ohren kitzelte. Im nächsten Augenblick erschien eine Parkbank neben dem Weg.

„Was um alle Welt – guter Gott."

Er war Roses zeigendem Finger gefolgt, um die herrliche Aussicht zu entdecken, die Besucher auf der Bank erwartete. Ein Wasserfall fiel in Kaskaden über den nächsten Felszacken, kristallklare Tropfen spritzten nach oben. Ein feiner Nebel überzog die Hügelflanke in der Nähe.

Chance stellte den Picknickkorb auf die Bank, damit er alles betrachten konnte. „Himmel. Das ist genial."

„Der Namenspatron von Heart Falls." Rose schien von seiner begeisterten Reaktion erfreut. Sie hielten immer noch Händchen, und jetzt schmiegte sie sich dichter an seine Seite, während sie die Landschaft erklärte. Sie deutete nach Norden, fing an mit der Red Boot Ranch. Chance konnte den Grundriss der Ranch erkennen, und sogar die kleine Hütte, in der er derzeit wohnte. Während sie sich langsam im Kreis drehte, nannte Rose ihm die Namen und gab ihm ein paar Informationen zu den Familien in jedem Haus, das von diesem Standpunkt aus sichtbar war. Kleinigkeiten über die Leute, die sie so gut kannte.

Es war ein außergewöhnliches Geschenk. Er glaubte nicht, dass sie verstand, wie sehr er diesen Crashkurs über seine neue Heimat zu schätzen wusste.

„Und bei dem, was du von der Stadt sehen kannst, glaube ich, du kennst bereits das Gemeindezentrum. Dort findet alles statt von Gemeindeversammlungen über dramatische Ereignisse, bis hin zu Musikdarbietungen. Obwohl wir davon nicht allzu viele kriegen." Sie schaute ihm in die Augen, Sorge stand in ihrem Blick. „Du eröffnest eine Kunstgalerie?"

„Das mache ich, aber keine Sorge, dass ich mich am

falschen Ort niedergelassen habe. Vertraue mir, ich glaube, Heart Falls wird meine Liebe zur Schönheit teilen."

Ihm wurde klar, dass er ohne nachzudenken ihr Gesicht genommen hatte, mit dem Daumen über ihre Wange strich, in diese ausdrucksvollen braunen Augen schaute.

Sie leckte sich die Lippen. „Chance?"

„Moment mal. Ich danke in diesem Augenblick der Göttin der Wasserfälle."

Eine winzige Falte bildete sich zwischen ihren Augenbrauen, und dann küsste er sie lang, süß und weich zunächst. Dann strömte ihr Geschmack herein – dieser rauschhafte Kuss, von dem er geträumt und der sich in den letzten Monaten immer wieder in seinem Kopf abgespielt hatte.

Er konnte sich kaum davon zurückhalten, sie zu verschlingen.

Während er den Kuss sanfter machte, ging er weit genug zurück, um sich damit zufriedenzugeben, dass dieses Stirnrunzeln, das er andeutungsweise entdeckt hatte, nirgends mehr zu sehen war. Nur noch gerötete Wangen und jede Menge Interesse.

Die nächsten zwei Stunden verliefen perfekt. Sie teilten sich Essen und eine wunderbare Unterhaltung, begleitet von ein paar *zufälligen* Küssen. Wie etwa, als er mit dem Finger ihren Mundwinkel berührte, um ein bisschen Schokolade wegzuwischen, und plötzlich seine Lippen auf ihren fand, wo er die Süße schmeckte und ganz begeistert wahrnahm, dass sie den Kuss erwiderte.

Sie wirkte verschüchtert, als er sich zurückzog, aber dann lächelte sie und kehrte zu dem zurück, was sie erzählt hatte. „Wir haben es langsam angehen lassen mit Buns and Roses, aber es ist Zeit, es wir erweitern. Es wird ein bisschen riskant, aber ich glaube, wir sind bereit."

„Ich werde regelmäßig in der Galerie frische Blumen brauchen", setzte Chance sie in Kenntnis. „Ich hoffe, du wirst diesen Vertrag übernehmen können. Ich will auf jeden Fall vor Ort einkaufen."

„Würde ich nur zu gerne", sagte sie. „Danke, dass du fragst. Regelmäßige Einkäufe helfen sehr. Außerdem wird die Pacht bei dem Laden neben unserem erneuert, und falls wir diesen Raum zu dem hinzufügen, den wir jetzt haben, können wir uns in ein paar neue Richtungen ausbreiten. Catering für Tansy, Geschenkboxen für mich."

„Alles wunderbare Ideen. Arbeitest du gern mit deiner Schwester?"

„Schon, und hoffentlich sind es bald Schwestern. Die Älteste von uns, Ivy, ist die stellvertretende Schulleiterin der Grundschule am Ort, die derzeit in Elternzeit ist. Aber unsere kleine Schwester Fern hat gerade die Ausbildung zur Grafikdesignerin beendet, also ist es irgendwie auch für sie, dass wir uns verändern. Sie kann sich dem Geschäft anschließen und sich Dinge ausdenken, die sie gerne erkunden würde."

„Vier Schwestern."

„Wir sind alle adoptiert, aber ja, trotzdem Schwestern."

Chance nickte langsam. „Cody und ich sind Stiefbrüder, aber dass wir nicht das gleiche Blut haben, macht diese Verbindung nicht schwächer. Tatsächlich bedeutete der Tag, an dem Cody gebeten hat, den Nachnamen meines Vaters anzunehmen, mir genauso viel wie Dad. Es bedeutete, dass wir echt verwandt waren. Ein Bruder, der mir immer den Rücken stärken würde."

Sie warf ihm ein strahlendes Lächeln zu. „Genau. Wir sind nach Heart Falls gezogen, gleich als Tansy mit zwölf Jahren adoptiert wurde. Es bedeutete, dass die schwierigen Teile, wie etwa eine neue Schule anzufangen, ein wenig einfacher wurden, weil wir damit zusammen fertig wurden. Sie und ich stehen uns seither sehr nahe.“

Rose richtete sich neu aus, um ihm auf ihrem Handy ein Bild ihrer Familie zu zeigen. Und bevor er sich versah, saß sie auf seinem Schoß …

Küsste ihn, wurde geküsst. Nichts bis auf diese süßen, süchtig machenden Küsse, aber Chance war schon völlig hin und weg.

Eine Stunde später nannte er das Date einen Sieg und wollte es beenden, bevor sie ihn satthatte. Sie packten den Rest ihres Picknicks ein und standen auf, um aufzubrechen.

Trotzdem konnte er nicht widerstehen. Konnte den Tag noch nicht beenden. Chance kam dicht genug heran, um sanft die Arme um sie zu legen. „Willst du sehen, wo ich meinen Laden einrichte?“

Sofort nickte sie. „Echt gerne.“

Wieder impulsiv – diese Frau holte das Beste in ihm hervor – hob er sie hoch und schwang sie im Kreis herum, sie beide brachen in Gelächter aus. Es fühlte sich gut an. Es fühlte sich richtig an.

Als er ihre Füße wieder auf den Boden stellte, schob Rose ihre Haare zurück und versuchte, sie wieder zu glätten. „Es ist erfrischend, einen Mann zu sehen, der begeistert ist und es auch zeigen möchte. Wir haben zu viele Cowboys hier in der Gegend, und ihre Version davon, zu zeigen, dass sie in der Lotterie gewonnen haben, wäre, tief Luft zu holen und das Kinn zu neigen.“

„Dann bin ich kein besonders guter Cowboy“, entgegnete Chance. „Zu emotional.“

„Das ist wohl das Irische in dir.“

„Vielleicht.“

Hand in Hand begaben sie sich zurück zum Auto, bis auf den Teil des Weges, bei dem man nur hintereinandergehen konnte. Er fing sie einmal mehr auf, bevor sie ins Auto stiegen, presste ihre Körper fest aneinander, während er wieder ihre Lippen für sich einnahm.

Ihre Wimpern schlossen sich flatternd.

„Ein letzter Bissen, um den Blick auf den Wasserfall in Erinnerung zu behalten", scherzte er.

In den ersten Augenblicken der Fahrt war sie still, als würde sie sich wieder fassen. Diese Idee gefiel ihm – dass es gereicht hatte, dass er sie küsste, um ihre Gedanken durcheinanderzubringen.

Dann sprach sie wieder und teilte einmal mehr Informationen über die Stadt mit. Orte, an die er gehen konnte, wenn er Autoreparaturen brauchte, Orte, an denen man besser nichts aß.

„Ich bin parteiisch, ich weiß schon, aber es stimmt. Tansy macht die besten Frühstücksleckereien und köstlichsten Mittagessen. Connie's Diner ist, wo die Farmer rumhängen, um sich endlos Becher mit brauner Flüssigkeit reinzuschütten, von denen sie so tun, als wäre es Kaffee. Es ist toll, wenn man ihr Tagesgericht am Montag mag: Eier, Toast und Kartoffelplätzchen."

„Was ist das Tagesgericht ein den anderen sechs Tagen?"

Rose grinste. „Eier, Toast und Kartoffelplätzchen."

Jetzt waren sie in der Stadt. Chance fuhr langsam, sorgte dafür, dass er an der richtigen Ecke abbog, um auf die Hauptstraße zu kommen, und zwar in der richtigen Richtung. Er schaute kurz auf die Hausnummern, war aber eher auf die Geschäftsnamen konzentriert.

Als er es sah, war wunderbarerweise ein freier Parkplatz direkt vor dem Laden.

„Das ist es", verkündete er. Er stieg aus dem Auto und eilte herum an Roses Seite, um die Tür zu öffnen und ihr herauszuhelfen.

„Das ist was?" Rose schaute sich verwirrt um. „Wo kommt deine Galerie denn hin?"

„Gleich dort." Chance hob die Hände zu dem Fotostudio hin, das vor ihnen war. Der Laden hatte schon bessere Zeiten erlebt, und er war sicher, dass die Renovierungsarbeiten, die er vorhatte, den ganzen Block ver...

„Nein."

Das Entsetzen in ihrem Tonfall ließ seinen Kopf herumfahren, um nachzusehen, was passiert war. „Rose? Alles in Ordnung?"

„Nein, ist es nicht." Sie wedelte mit einer unbeherrschten Hand westlich seines zukünftigen Ateliers hin. „Fällt dir was auf?"

Chance musterte rasch die Straße, die Autos, die Leute. Nichts darin hätte ihre Wangen vor Zorn rot werden lassen sollen.

Dann sah er es. Das schöne altmodische Logo und die Schrift im Aussichtsfenster im Laden nebenan. Dem Laden neben dem Laden, den er gerade gekauft hatte.

Buns and Roses.

So ein Mist.

„Ist das der Laden, wo du eigentlich ..."

„Ja", fuhr sie ihn an.

„Rose, es tut mir so leid. Ich hatte keine Ahnung ..."

Sie hob rasch eine Hand, um ihn aufzuhalten. Einen tiefen Atemzug später sprach sie mit völliger Höflichkeit. „Danke dir für das Picknick und deine Unterstützung bei der Spendenaktion für die Gemeinde Heart Falls. Viel Glück mit deinen Renovierungsarbeiten."

Bevor er etwas sagen konnte, schoss sie an ihm vorbei und verschwand in das Café.

ose ging, bevor sie noch etwas sagte oder tat, das sie nicht zurücknehmen konnte.

Zum Glück arbeite Tansy schwer und hatte keine Zeit, um mehr zu tun, als ihr kurz einen hochgereckten Daumen zu zeigen. Vermutlich nahm sie an, dass das Date gut gelaufen war.

Ihre kleine Schwester Fern arbeitete allerdings draußen. Sie lieferte ein paar Speisen ab, räumte ein paar Tische auf. Obwohl sie im vollen Arbeitsmodus war, kniff sie die Augen zusammen, als sie Roses Gesicht beäugte.

Einen Augenblick später verstellte sie Rose mühelos den Weg mit ihrem vollen Tablett. „Was ist los?", fragte sie leise.

Rose wollte sich weiter bewegen, für den Fall, dass Chance ihr folgte, aber Fern war ein unnachgiebiger Bluthund, wenn sie Informationen wollte. Lügen standen in ihrer Familie nicht zur Debatte. „Etwas, aber ich brauche Zeit, um es rauszukriegen."

Fern warf ihr einen leichten Luftkuss zu, dann nickte sie

entschieden, trat zur Seite und war unterwegs zur Küche. „Nimm dir Zeit, aber nicht so viel, dass es dich sauer macht."

„Du bist immer noch das Familienbaby", rief Rose ihr in Erinnerung, half, die Küchentür zu öffnen und das Tablett auf dem Tresen abzustellen. „Du darfst deinen größeren Schwestern nicht vorwerfen, dass sie griesgrämig sind."

„Wenn der Schuh passt ..." Fern nahm sie am Handgelenk, bevor sie weglaufen konnte. „Gib mir eine Umarmung, und dann kannst du vor dich hin grummeln."

„Ich werde nicht vor mich hin grummeln", sagte Rose. Aber dann kicherte sie, während sie zugeben musste, dass sie die Worte gegrummelt hatte. „Göre."

„So bin ich", gab Fern fröhlich zu. Sie ließ los, sah aber aus, als hätte sie immer noch was im Kopf. „Hey, Rose?"

„Was denn, meine Liebe?" Rose wollte nach oben gehen und ein paar Millionen Mal in ihr Kissen hauen, um ihr Temperament unter Kontrolle zu bringen. Aber ihre Familie bedeutete ihr alles. Genauso wie Fern ihr die dringend benötigte Umarmung angeboten hatte und in den kommenden Tagen scherzen und necken würde, wenn Rose nicht über ihren Zorn hinweg kam, spürte Rose, dass ihre kleine Schwester ebenso etwas brauchte.

Fern verzog das Gesicht, dann strich sie sich über die lockigen Haare. „Glaubst du, ich kann Tansy überzeugen, mich auf den Geländeritt mitkommen zu lassen? Ich weiß, dass sie für das Date mit Cody bezahlt hat, aber ich wollte das schon ewig machen, und es hat einfach nie funktioniert."

„Ich sehe keinen Grund, weshalb nicht", sagte Rose locker. „Es ist nicht wirklich ein Date, nur ein witziger Ausflug. Ich kann es mal erwähnen, wenn du möchtest."

Die Augen ihrer Schwester leuchteten. „Das wäre mega."

Rose kämpfte um ein Lachen. „Das wäre es."

Der Augenblick mit Familienzeit kühlte Roses Wut genug

ab, dass ihr Kissen es überlebte. Trotzdem ignorierte sie die Nachricht, die Chance schickte, in der er sie bat, sich zu melden. Sie war noch nicht bereit, über ihre Reaktion zu reden.

Durch eine Kombination aus Glück und dass sie sich früh in ihr Zimmer verzog, vermied sie es, ihr Date ausführlich mit Tansy zu besprechen.

Ja, sie war total feige und versteckte sich.

Der Montag war allerdings der erste Tag, den sie in ihrem modifizierten Wochenende frei hatten, und als Tansy schließlich aus dem Bett kroch, wartete Rose in ihrem gemütlichen Wohnzimmer auf sie. Mit Muffins aus dem Laden und einer Thermoskanne mit Kaffee war sie auf einen Power-Chat eingerichtet, wohin es nun mit ihrer Zukunft gehen sollte.

Tansy wachte schnell auf, ihre Augen leuchteten, als Rose kurz das Date beschrieb, bevor sie die letzte Enthüllung fallen ließ, dass der Mann – der sexy, interessante, ihr Inneres zum Beben bringende Mann – ihnen den Laden nebenan weggekauft hatte.

„Ich bin nicht wirklich wütend auf ihn", gab Rose zu. „Ich bin nur *wütend*. Wir hatten die ganzen Pläne, die Buns and Roses erweitern sollten, und jetzt sind sie gestrichen, und wir müssen neu anfangen. Es ist frustrierend und nervig und frustrierend ..."

„Und nervig", bot Tansy hilfreich an.

„Du bist die beste Schwester der Welt", sagte Rose plötzlich. Tansy blinzelte überrascht, aber sie meinte jedes Wort ernst. „Du bist auch eine Göre und genießt es einfach, mich zu ärgern, aber ich weiß, das liegt daran, dass du mich liebst. Deine Ablenkungen helfen mir immer wieder, zurück ins Gleichgewicht zu kommen."

„Ich weiß, Süße." Tansy legte die Finger um Roses Arm und drückte sie fest. Sie lehnte sich zurück, ihre Miene wurde nachdenklich. „Ich weiß, du bist enttäuscht ..."

„Frustriert. Genervt."

Tansy kicherte. „Das bin ich auch. Aber ich muss eins sagen – nicht die Pacht nebenan zu übernehmen, ist vielleicht am besten."

Der Schock traf sie heftig. „Was?"

Ihre Schwester verzog das Gesicht. „Wir haben im Lauf der Jahre viel über die Erweiterung gesprochen. Wir haben die Geschäftspläne gemacht, und du hast Tonnen von Zeit und Überlegung in sie gesteckt. Ich weiß alles daran zu schätzen, aber in letzter Zeit habe ich in andere Richtungen überlegt. Wie etwa, wie gut es sich anfühlt, zwei ganze Tage in der Woche frei zu haben, nachdem man so viele Monate fast rund um die Uhr gearbeitet hat."

„Es steht doch in unseren Plänen, mehr Leute einzustellen", rief Rose ihr in Erinnerung.

Tansy neigte langsam das Kinn. „Die Pläne sind felsenfest, Schwester. Was sich verändert hat, ist die Art, wie ich empfinde. Versteh mich nicht falsch, ich liebe, was wir mit Buns and Roses geschafft haben, aber ich frage mich auch, ob es nicht Lektionen aus dem zu lernen gibt, was unsere Familie uns gezeigt hat. Unsere Freunde. Dass eine langsamere Gangart im Leben nicht bedeutet, dass wir faul sind, sondern dass wir das Leben zu schätzen wissen, dass wir leben dürfen."

Die Idee sickerte in sie ein wie Sand über Felsen, kroch in die Nischen und füllte leere Stellen.

Tansy beugte sich vor. „Jetzt erzähl mir mehr darüber, was davor auf deinem Date gewesen ist. Einzelheiten, Schwester. Denn bis du am Ende wütend geworden bist, hast du gestrahlt. Ich habe dich noch nie so über einen Typen reden hören."

„Ich mag ihn", gab Rose leise zu, nachdem sie etwas mehr erzählt hatte. „Es gibt etwas an Chance, das mich anzieht. Ich weiß nicht, was es ist."

Ihre Schwester lehnte sich in ihrem Sessel zurück und hob den Kaffee. „Versuch, es herauszufinden."

Tansys Worte über ihre Geschäftsideen blieben bei Rose den Rest des Tages und in den nächsten hinein hängen. Ihre Pläne auf Eis legen? Natürlich. Das war die einzige sofortige Lösung, da der Laden nebenan nicht mehr verfügbar war. Umziehen an einen neuen Ort, um mehr Platz zu haben, war kein logischer nächster Schritt. Nicht nach dem, was Tansy ihr mitgeteilt hatte.

Es war kurz nach vier Uhr am Mittwoch, als Tansy den Kopf in die große Kühleinheit steckte, die den Großteil der Rückseite des Blumenladens einnahm. „Ich habe die Eingangstüren unserer beiden Läden zugesperrt, und sobald Fern und ich den Geschirrspüler fertig geladen haben, bin ich unterwegs nach oben, um früher Schluss zu machen."

Rose eilte zurück in den eigentlichen Laden, bevor die Kühleinheit zu warm wurde. „Gehst du wieder um sieben Uhr ins Bett, wie damals, als wir klein waren?"

„Als wären die Kuchen für die Hochzeit auf der Red Boot Ranch morgen noch nicht genug, habe ich aus irgendeinem Grund auch zugestimmt, einzelne Cupcakes zu machen." Tansy gähnte so breit, dass Rose einen Augenblick später auch gähnen musste, was Tansy zum Lachen brachte. „Ich habe vor, um vier Uhr früh anzufangen, um sie rechtzeitig fertig zu kriegen. Falls ich meine Zutaten nicht verwechseln will, werde ich jetzt was essen und mich dann hinhauen. Wie läuft es mit deinem Teil?"

Das Backen und die Blumen waren ein Auftrag in letzter Minute, den sie angenommen hatten, um einem Brautpaar zu helfen, deren Hochzeitsplaner aus der Hölle ihr Geld genommen hatte, aber eigentlich überhaupt nichts gebucht hatte.

Rose beäugte die Blumeneimer, die darauf warteten, dass

sie sie in Arrangements verwandelte. „Die Lieferung kam spät, also werde ich wohl eine Nachtschicht einlegen, um es fertig zu kriegen."

Tansy holte tief Luft. „Ich hole mir rasch was zu essen und einen Kaffee, dann komme ich zurück und helfe dir."

„Nein." Rose trat vor und drückte Tansy fest, bevor sie sie leicht tadelnd auf den Kopf tippte. „Du bist doch bereits am Schlafwandeln. Ich mache so viel, wie ich heute schaffe, und stehe früh auf, um fertig zu werden, aber ich kann nicht alles für morgen lassen, oder ich werde keine Zeit haben, um alles aufzustellen. Sie werden die Blumen schon früh für die Fotos brauchen."

„Dann werden wir am Vormittag wohl beide hart arbeiten", sagte Tansy. „Fern hat im Laden übernommen, und die ganzen Mitarbeiter sind eingeteilt, um mit uns zu kommen, also sind wir da gut aufgestellt." Sie hielt inne, dann schaute sie Rose direkt in die Augen. „Hast du Chance schon geschrieben?"

Schuldgefühle trafen sie. „Mir ist es ein wenig peinlich, mit ihm Kontakt aufzunehmen", gestand Rose.

„Ich weiß, aber du kannst nicht den nächsten Schritt gehen, bis du an dem vorbei bist." Tansys Grinsen wurde größer. „Nachdem ich gesehen habe, wie er dich mehr oder weniger mit den Augen verspeist, als er bei dieser Versteigerung hergekommen ist, bin ich ziemlich sicher, dass er der Typ ist, der alles verzeihen wird, solange du zugibst, dass du nur so einen Moment hattest."

„Ich hatte da so einen Moment, oder?", fragte Rose leise.

„Wann hast du denn *keinen* Moment?", scherzte Tansy, tänzelte außer Armreichweite. „Ich hab dich lieb, Schwester. Wirklich, eines, was ich an dir liebe, ist die Art, wie du immer ehrlich bist. Ein emotionales Auf und Ab, glücklich oder traurig – du bist echt. Entschuldige dich dafür niemals."

„Aber ich sollte mich dafür entschuldigen, ihn stehengelassen zu haben, oder?"

Tansy nickte heftig. „Wenn du die Chance dazu hast. Ha – aber das ist sowieso dein Chance, wenn du ihn möchtest."

„Geh ins Bett. Du bist nicht lustig."

„Wortwitze sind lustig." Tansy schoss zur Tür, kicherte wie wild, als sie aus Roses Fängen entwich. „Wir sehen uns morgen. Hab dich lieb."

„Hab dich auch lieb", sagte Rose, als sie die Tür hinter sich schloss.

Dann drehte sie sich zu der Wand aus Blumen vor ihr um. Zeit, diesen Berg etwas abzubauen, und dann während der Pause vielleicht, nur vielleicht, würde sie Chance eine Nachricht schicken und ihn auf einen Kaffee einladen.

Zwischen ihnen war etwas, das ließ sich nicht leugnen. Natürlich wusste Rose aus Erfahrung, dass die große Aufregung der Beziehung nur allzu bald nachlassen würde. Das tat sie doch immer.

Trotzdem. Auch wenn es nur eine kurze Zeit sein mochte, dass sie mit Chance zusammen war, konnte sie genauso gut jeden Augenblick genießen, den sie zusammen hatten.

CHANCE STAND MITTEN in dem leeren Fotostudio und fragte sich, wie er das hinbiegen konnte.

Nicht das tatsächliche Gebäude. Er hatte genug Erfahrung, dass die Ausstellungseinheiten und die Wandpaneele der Galerie sich ganz leicht in den Griff kriegen lassen würden. Obwohl es nur ein paar Tage gewesen waren, war das Kunstatelier oben auch schon gut geplant.

Die ganzen Pläne waren da. Jetzt musste er nur noch den Schweiß einbringen.

Doch etwas fehlte.

Jemand.

Er zog sein Handy wieder heraus, fühlte sich ein bisschen wie ein Stalker. Nur dass die Tatsache, dass er es schaffte, sich davon abzuhalten, Rose noch eine Nachricht zu schicken, ihn aus diesen gefährlichen Gefilden weglenkte.

Irgendwann würde sie mit ihm Kontakt aufnehmen, und dann würde er sie überzeugen, dass der Gebäudekauf ein völlig unbeabsichtigter Fehler gewesen war. Hoffentlich würde das reichen, um das Lächeln wieder in ihre Augen zu holen.

Die Art, wie er hier stand, auf einer Seite der Wand, während sie dort war, gleich auf der anderen, ließ das alles noch ein bisschen mehr zur Folter werden. Er tauchte den Roller in den Farbeimer und tränkte ihn für eine weitere Schicht auf der Wand. Wenn er schon nicht die Gelegenheit bekam, Rose besser kennenzulernen, konnte er zumindest ein paar Aufgaben von seiner To-do-Liste streichen.

Die Wand zwischen den Läden war nicht völlig geräuschisoliert. Das Country-Radio auf Roses Seite war kaum laut genug, dass er das Pulsieren des Taktes mitbekam, und leise genug, dass die einzelnen Worte ein gedämpftes Summen ergaben. Hätte er auf seiner Seite Musik abgespielt, wäre ihm ihre vermutlich nicht aufgefallen, aber so armselig, wie er war, war sogar das Mithören ihrer Playlist besser, als so zu tun, als wäre sie nicht da.

Ein Krachen erklang, brechendes Glas klirrte, und Rose fluchte.

Chance ließ seinen Roller fallen und sprintete zur Hintertür. Er war in der Gasse und zog die Hintertür ihres Ladens auf, bevor er auch nur denken konnte. „Rose?"

Kühle Luft umgab ihn, während er vorwärtslief, den Flüchen entgegen. Sehr kreative Fluchwörter, wie er anerkennend bemerkte.

Er versuchte es noch einmal. „Rose, alles in Ordnung?“

Er betrat ihren Arbeitsplatz rechtzeitig, um zu sehen, wie ihr Kopf zu ihm herumfuhr. Sie hob schnell einen Arm hoch, um ihn zu warnen. „Komm nicht näher. Überall auf dem Boden ist Glas.“

„Das sehe ich.“ Was bedeutete, dass auch Glas überall dort war, wo sie in zwei offenen Sandalen stand. „Bleib stehen. Wo ist ein Besen?“

Sie öffnete den Mund, als wäre sie bereit, zu protestieren, dann schüttelte sie leicht den Kopf. Sie deutete auf die gegenüberliegende Wand. „Nimm den da. Leider ist das nicht das erste Mal, dass mir was durch die Finger geschlüpft ist.“

Chance eilte zu der Wand und schnappte sich seine Waffe, sorgfältig darauf bedacht, alles auf eine Seite zu fegen, während er den direkten Weg zu ihr nahm. In dem Augenblick, in dem er sie erreichte, lehnte er den Besen an den großen Inseltresen neben ihr. „Du musst irgendwohin, wo es sicher ist.“

Rose keuchte und packte seine Schultern, während er sie an der Hüfte nahm und oben auf den Tresen hob. „Chance, hör auf. Ich muss …“

„Du musst dir nicht die Füße zerschneiden“, setzte er sie in Kenntnis. „Auf deinen ganzen Füßen sind Glasscherben. Machen wir die doch runter, bevor noch was passiert.“

Sie hob einen Fuß und verzog das Gesicht. „Das ist mir nicht aufgefallen.“

„Und deswegen werde ich dir helfen, das sauber zu machen.“ Er griff nach der Schnalle ihrer Sandalen und bemerkte, dass sein Hemd mit Farbe bekleckert war. Das letzte, was er wollte, war, diesen Schlamassel ihrem bereits komplizierten Abend hinzuzufügen. Er zog sich das Hemd über den Kopf, und dann rollte er es vorsichtig auf, sodass die Farbe ganz im Inneren war.

Er hatte Roses Fuß in den Händen, bevor er aufsah, um festzustellen, dass sie ihn anstarrte, ihr Mund stand leicht offen.

Sie blinzelte, dann hob sie den Blick von seiner Brust und schaute ihm in die Augen. „Ich bin mir nicht sicher, dass es hilft, das Glas aufzuräumen, wenn du dich ausziehst, aber ich habe Schwierigkeiten, von dir zu fordern, dass du dir das Hemd wieder anziehst."

Ein erfreuliches Geständnis. Er ließ ein Lächeln aufblitzen, noch während er sich darauf konzentrierte, ihr die Sandalen auszuziehen und sanft die Glasscherben wegzustreifen. „Lass mich den Boden fertig fegen, bevor du runterkommst."

Sie nickte, dann deutete sie auf die Waschbecken. „Wenn du mir einen feuchten Lappen bringst, sorge ich dafür, dass wir auf jeden Fall alle Scherben erwischt haben."

„Natürlich." Die Inspiration traf ihn, und er fegte einen Bereich frei, bevor er sich langsam auf den Weg zu den Waschbecken begab. Bis auf die Eimer über Eimer voller langstieliger Blumen war der Rest des Arbeitsplatzes rein und sauber. Genauso, wie er sich vorgestellt hatte, dass Roses Revier sein würde.

Als er mit einem feuchten Lappen zurückkehrte, behielt er die Kontrolle, und anstatt ihn ihr reichen, hob er einmal mehr ihren Fuß in seine Handfläche und wusch ihn dann sorgsam von den Knöcheln über ihren Fuß bis zu den Spitzen ihrer leuchtend lackierten Zehen.

„Das musst du nicht tun", sagte Rose leise.

„Ich will." Chance drehte sie auf dem Tresen, um ihren anderen Fuß sauber zu wischen. Ihr Körper war nur wenige Zentimeter von seinem entfernt, und das leichte Beben in ihrer Atmung, als er sie berührte, ließ das Blut noch mehr in seinen Adern hämmern.

Entschlossen legte er den feuchten Lappen oben auf sein

Hemd, dann drehte er sie noch einmal. Diesmal zu ihm hin, ihre Beine öffneten sich, während er zwischen sie trat und seine Finger über ihre Oberschenkel gleiten ließ. „Wie geht es dir jetzt?"

Sie atmete ein, ihr Atem rasselte ganz kurz. „Ich scheine nicht nur ungeschickt zu sein, sondern auch leicht fiebrig."

Perfekt. Chance ließ die Hände auf ihre Hüfte gleiten und zog sie zu sich. Er starrte auf ihre Lippen, wusste, dass erst mal alle möglichen Unterhaltungen stattfinden sollten, aber verdammt sollte er sein, wenn er nicht wollte …

Rose erwischte ihn an der Wange und zog ihn in den Kuss. Hungrig, erhitzt. Genauso, wie er es wollte, und genau, was er brauchte.

Er ließ die Hände um ihren Körper gleiten, um sie aneinanderzuschmiegen. Hitze an Hitze, Verlangen an Verlangen.

Was immer für Fragen sie hatten, diesen Teil hatten sie absolut raus. Sie waren zusammen entflammbar, und er gab sich dem Kuss hin. Strich mit seiner Zunge über ihre, knabberte an ihrer Unterlippe, bevor er Küsse ihr Kinn entlang zu der Stelle unter ihrem Ohr wandern ließ.

Sie bog sich zurück und stöhnte. „Das sollten wir nicht tun."

„Was tun?", scherzte er. „Küssen? Uns berühren?"

Ihre Hände waren auf seinem Gürtel. „Warum da aufhören?"

Chance nahm sie an den Handgelenken. Er wartete, bis sie sich in die Augen schauten. „Ich will dich. Aber ich will das nicht, außer du bist sicher."

Sie nickte. „Ich bin sicher. Wirklich, wirklich sicher."

8

―――――

Vielleicht hatte sich etwas in ihrer Seele verändert, als sie sich damals im April getroffen hatten. Vielleicht war es immer noch ein wenig anhaltende Magie von der Junggesellenversteigerung. Aus welchem Grund auch immer, Rose Fields hatte einen außergewöhnlichen Augenblick, und er war perfekt.

Sie strich mit den Fingern über die warme Haut von Chances Schultern, bevor sie über seine Flanken glitt, ihre Handflächen strichen über die feste Haut.

Die Musik im Hintergrund hatte von einem Cowboy, der über irgendwas Romantisches sang, zu einer Sängerin gewechselt, die davor warnte, dass sie die Leiche dort vergraben würde, wo niemand sie je finden würde ...

„Du lächelst", bemerkte Chance. „Und ich glaube nicht, dass es an was liegt, was ich gemacht habe." Er öffnete einen weiteren Knopf des Kittels, den sie immer bei der Arbeit trug.

„Das erzähle ich dir wann anders, wenn wir uns jetzt weiter ausziehen."

„Diesen Handel gehe ich ein." Chance brummte, als er

ihren BH enthüllte. Finger strichen ehrerbietig über den Rand der Spitze. „Du bist so weich. So schön."

„Mir gefällt auch, wie du aussiehst", gab sie zu. Sie war schon bis auf die Unterwäsche ausgezogen, als ihr etwas Wichtiges einfiel. „Hast du ein Kondom?"

Er wurde reglos. Fluchte.

Sie hob die Hand, um sie sich über den Mund zu legen, zum Teil, um sich vom Fluchen abzuhalten, und zum Teil, weil seine Miene wirklich erheiternd war.

Chance hob ihr Kinn in der Hand. „Planänderung, außer du hast irgendwo in einem kleinen Schränkchen was stecken."

„Hier drin gibt's kein Zellophan, in das es dir Spaß machen würde, eingewickelt zu werden."

Er küsste sie. Verzehrte sie vielmehr. Hielt ihre Brüste und neckte die Nippel mit seinen großen, starken Fingern. Schickte Lust über sie hinweg, während er ihr den Atem stahl und ihre Gedanken vernebelte.

Sie schlang die Arme um seine Hüfte und zog ihn vor, verband die dünne Schicht ihres Höschens mit der dicken Wulst, die hinter seinen Boxershorts steckte.

Chance stöhnte, während seine Hüfte an ihrer pulsierte.

Es war heiß und schmutzig und irgendwie wie in der Highschool, als sie sich aneinander rieben und neckten und knabberten. Sie bohrte die Finger in die Muskeln seines Rückens, bog sich durch und schob sich vor, um den Druck zwischen ihnen zu erhöhen.

Rasch wurde die Spannung höher, die Lust wuchs so schnell und abrupt an, dass Rose keuchen musste. Sie packte ihn fester, als die Wogen über sie hinwegrollten.

Chance zischte scharf. Er spannte die Hand in ihren Haaren an und zog ihren Kopf zurück, küsste sie ein letztes Mal.

Sie rangen beide einen Augenblick später nach Luft,

ineinander verstrickt, während sie auf dem Tresen saß, er immer noch zwischen ihren Beinen.

„Rose?"

„Ja?" Es war seltsam und doch ein behagliches Gefühl, teilweise nackt mit ihm zu sein. Gerade etwas so Intimes getan zu haben und jetzt noch aneinander zu lehnen. Rose hatte noch nie so eine körperliche Verbindung gespürt, eine, die sich so richtig an fühlte.

Er atmete langsam aus, ein Ansturm warmer Luft, der ihre Wange streifte. „Es tut mir leid, dass ich deine Pläne zur Erweiterung durchkreuzt habe."

Sie lachte leise. „Das geht dir jetzt echt gerade durch den Kopf?"

„Eine weitere Runde mit einem richtigen Kondom ist gerade an allererster Stelle in meinem Kopf, zusammen mit hundert weiteren Ideen, aber ich wollte, dass du das weißt."

„Es war nur ein seltsamer Zufall, und es war nicht deine Schuld. Wirst du mir verzeihen, dass ich dich in einem Tobsuchtsanfall habe stehen lassen, nachdem wir einen so schönen Nachmittag zusammen verbracht haben?"

„Ist bereits vergessen", versicherte er ihr. Nur dass er sie nachdenklich musterte, während er ihr vom Tresen herab half. „Verschwindest du, wenn ich auf die Toilette gehe, um mich um diesen Schlamassel zu kümmern?"

Sie warf ihm ein leicht schuldbewusstes Lächeln zu. „Die Tür ist in der rechten Ecke. Ich verspreche, ich bin dann noch da."

Bis er zurückkam, hatte sie das Waschbecken des Ladens benutzt, um sich ein bisschen frisch zu machen. Außerdem hatte sie den Rest des Glases aufgekehrt und im Schrank nach etwas zum Anziehen gesucht, das sie ihm ausleihen konnte.

Chance pfiff glücklich vor sich hin, als er durch den Raum

an ihre Seite kam. „Was ist das?", fragte er, als er den Stapel Stoff annahm, den sie ihm in die Hände drückte.

„Nicht, dass es mich stört, was du alles nicht anhast, aber wegen der Blumen halte ich die Temperatur hier drin kühl. Wenn du bleiben willst, wirst du ein Oberteil brauchen."

Er schüttelte es aus und runzelte leicht die Stirn, als er den dunkelblauen Stoff betrachtete. „Warum hast du Männerhemden hier drin auf Lager?"

Sie schlüpfte selbst in eins und drehte sich, als wäre sie ein Model. „Die hole ich mir immer im Secondhandladen. Die funktionieren besser als Schürzen, und sie lassen sich gut waschen und tragen."

Er schlüpfte hinein, wirkte ziemlich zufrieden mit der Passform. „Du kannst mich jederzeit einkleiden. Oder auskleiden, was das angeht", fügte er mit einem Zwinkern an.

Sie waren furchtbar. Rose nahm ihn an der Hand und zog ihn zu den Stühlen, die sie hatte, wenn sie mal die Füße hochlegen musste. „Es tut mir echt leid, dass ich da kürzlich vor dir weggelaufen bin. Ich hatte eine wunderbare Zeit, als ich dir Heart Falls gezeigt habe, und ich hätte nicht ..."

„Ich hatte auch eine gute Zeit", ging Chance dazwischen. „Konzentrieren wir uns doch auf diesen Teil. Und mehr." Er beugte sich in seinem Stuhl vor, strich mit dem Daumen über ihre Handknöchel. „Du faszinierst mich, Rose Fields. Du bist in meine Träume eingedrungen, und ich kann körperlich gar nicht genug von dir bekommen. Aber es ist nicht nur, dass ich steif werde, jedes Mal, wenn ich daran denke, bei dir zu sein. Ich lächle auch, und auf bestimmte Art bringt mich das dazu, dass ich den Kopf schütteln will. Ich sollte nicht so fasziniert sein. Doch das bin ich."

„Geht mir genauso", gestand Rose. „Was machen wir dann also mit dieser seltsamen Anziehungskraft, die wir aufeinander ausüben?"

„Ihr nachgeben", sagte Chance fröhlich. „Einander auf jeden Fall besser kennenlernen. Was uns gefällt, was uns nicht gefällt. Die Familien des jeweils anderen kennenlernen."

Alles, was geschah, kam in Windeseile, doch Rose schien es nicht zu schaffen, die Worte heraufzubeschwören, um es zu verlangsamen. „Das klingt, als würden wir zusammen sein. Ich glaube, das würde mir gefallen."

„Ich bin zum Abendessen eingeladen", sagte Chance, „im Haus deiner Eltern am Freitagabend."

Rose blinzelte. „Okay?"

Er lachte. „Nein, ich bitte dich nicht darum, ich erzähle es dir. Dein Vater hat mich gestern angerufen und mir gesagt, ich soll um halb fünf da sein und Wein mitbringen. Einen Roten, irgendwas, was gut zu Büffel-Eintopf passt. Dann hat er aus irgendeinem Grund gelacht."

Ach, um Himmelswillen. Fern hatte wohl ein paar Annahmen getroffen, dann zu Hause was gesagt, und jetzt machte sich ihre Familie daran, einzuschreiten.

Rose richtete sich leicht auf, ließ die Hände aus seinen gleiten. „Du kommst nach Hause zu meinen Eltern zum Abendessen? *Diesen* Freitag?"

„So ist es, und ich hoffe ganz dringend, dass du da sein wirst. Denn nach allem, was ich von deinem Vater bei der Versteigerung gesehen habe, hätte ich dich gern als Unterstützung dabei. Und vielleicht Tansy. Ihr Schwestern scheint ziemlich geschickt darin zu sein, mit ihm umzugehen."

Der Gedanke, dass ihr Vater diesen selbstsicheren Mann einschüchtern konnte, brachte sie zum Lächeln. „Ist das der Augenblick, in dem ich dich vorwarnen sollte, dass es nicht die männliche Seite der Gleichung ist, um die du dir Sorgen machen musst?"

„Deine Mom?"

Rose nickte und lächelte dann breiter. „Und meine Oma, wenn sie da ist."

„Mütter sind immer die größten Beschützerinnen." Chance neigte das Kinn. „Ich nehme die Warnung zur Kenntnis." Er schaute sich im Raum um. „Es ist spät, aber es sieht aus, als hättest du eine Menge Arbeit vor dir."

Sie nickte. „Manchmal kommt das vor."

„Kannst du ein zusätzliches Paar Hände gebrauchen?"

Das Angebot kam unerwartet, war aber so aufrichtig ausgesprochen, dass Rose innehielt und darüber nachdachte. „Ich habe dich doch mitten bei irgendwas erwischt. Streichen, denke ich."

Er zuckte mit den Schultern. „Das kann warten. Bring mir bei, was ich tun muss, und ich helfe dir mit irgendeiner einfachen Arbeit, die angemessen ist."

„Vielen Dank. Wenn du es ernst meinst, wüsste ich deine Hilfe sehr zu schätzen."

Chance war ein begieriger Schüler, und das Arrangement war einfach genug, dass die Sträuße mit seiner Hilfe beim Zusammensuchen und Vorbereiten der Materialien rasch zusammenkamen. Sie bestellten Pizza, damit sie während des Abendessens weiterarbeiten konnten.

Während der ganzen Zeit, in der sie arbeiteten, unterhielten sie sich. Lachten. Tauschten Dinge aus.

Die Anziehungskraft zwischen ihnen ließ sich nicht leugnen, aber genauso wenig das. Wie leicht es sich anfühlte, ihm Geschichten zu erzählen. Ihm mitzuteilen, wie das Aufwachsen in einer Kleinstadt gewesen war, wie die Verbindungen in ihrer Familie entstanden waren, die durch Entscheidungen und nicht durch Geburt zusammengekommen war. Sie erzählte ihm von ihrer ältesten Schwester und ihrem Schwager, Ivy und Walker, und der Begeisterung der ganzen Familie, weil sie kürzlich drei Kinder adoptiert hatten.

Chance erzählte mehr darüber, als Teenager nach Kanada gezogen zu sein, und wie nach so vielen Jahren, in denen er Einzelkind gewesen war, Cody in seine Welt gekommen war.

„Es hat ein bisschen gedauert, aber nach ein paar Anfangsschwierigkeiten habe ich ihn so sehr zu schätzen gelernt, wie man es sich kaum vorstellen kann. Familie ist alles", erklärte ihr Chance. „Ich bin gereist und habe weit weg gewohnt, aber wir sind immer in Kontakt geblieben. Wir haben immer aneinander gedacht, denn anders konnten wir es uns nicht vorstellen. Das bedeutet mir Familie. Ein Geschenk, das ich gar nicht erwartet hatte."

„Das trifft nicht immer für alle zu, aber so ist auch die Familie Fields", stimmte Rose zu. „Von uns allen hatte Tansy die meisten Schwierigkeiten, zu glauben, dass wir sie niemals aufgeben würden, aber jetzt ist sie die größte Cheerleaderin der Familie."

„Sie war schon älter. Das hat es schwieriger gemacht?"

„Vielleicht", überlegte Rose. „Ich weiß noch, als wir herausgefunden haben, dass wir am gleichen Tag Geburtstag haben, im selben Jahr, hat Mom beschlossen, uns zu Zwillingen zu machen. Ich glaube, das hat uns das Gefühl gegeben, als hätten wir was Besonderes. *Jemand* Besonderen. Das war der Startschuss dafür, dass wir Freundinnen wurden. Die Schwesternschaft kam später."

„Das ist wunderbar."

Als sie schließlich ein paar Stunden später den Laden schlossen, waren neunzig Prozent ihrer Aufgaben für die Hochzeit erledigt.

Er blieb an ihrer Seite stehen, als sie nach dem Lichtschalter griff, und bereit war, um abzusperren. Er drehte sie in seinen Armen, und dann schob er die Finger unter ihr Kinn. „Ich hatte heute Abend eine schöne Zeit."

„Danke, dass du mich gerettet hast", sagte Rose. „Sowohl

vor dem Glas als auch davor, bis Mitternacht arbeiten zu müssen."

„Kein Ding." Er beugte sich vor, hielt aber inne, bevor sich ihre Lippen trafen. „Ein Gutenachtkuss?"

Den Abstand zwischen ihnen zu schließen, fühlte sich natürlich an. Fühlte sich richtig an.

Und obwohl sie all ihre Küsse bis hierher genossen hatte, war dieser süß und zart und führte zu einem beunruhigenden Flattern in ihrem Inneren. Als er mit einem Zwinkern und einem Lächeln ging, stand Rose einen Augenblick lang da, drückte sich die Finger an den Mund.

Etwas ratlos wegen der Tatsache, dass das Schicksal auf jeden Fall ihre Welt im Griff hatte.

9

———

Chance blieb auf der vorderen Veranda des großen Familienhauses stehen, die Weinflasche bereit. Er richtete sich etwas gerader auf, bereitete sich darauf vor, dass …

Die Eingangstür öffnete sich, bevor er die Hand auf den übergroßen Klopfer legen konnte. Eine junge Frau mit wilden Lockenhaaren in Schwarz richtete sich vor ihm auf wie ein fröhlicher Kastenteufel. Er erkannte sie aus Roses Familienbildern als ihre jüngste Schwester Fern.

„Hi. Du bist da. Komm rein."

Fern trat zurück und ließ ihn weit genug rein, um die Tür zu schließen.

„Bin gerade selbst erst heimgekommen", sagte sie, während sie sich drehte, um einen übergroßen Rucksack abzunehmen und dann anzufangen, ihn auszupacken. Kunstbücher, Zeichenblöcke, eine Armprothese mit einem schwarzen Handschuh auf einer Hand.

„Kann ich mit irgendwas behilflich sein?", bot Chance an.

Sie hing den Rucksack auf, dann drehte sie sich um, um

75

ihm den Stapel Kunstutensilien zu geben. „Klar. Bringst du die nach drinnen? Ich nehme meinen Arm. Den muss ich laden."

Chance nahm den Stapel Bücher an, noch während er einen genaueren Blick auf ihren Arm wagte. „Sehr schön. Ist das eine myoelektrische Prothese?"

Sie hob eine Augenbraue. „Ach, das ist jetzt aber faszinierend. Der Galeriebesitzer kennt sich mit Bionik aus."

„Nicht wirklich. Eine Reihe von Künstlern, bei denen ich Arbeiten in Auftrag gebe, tragen Prothesen, aber das ist so ziemlich alles, was ich weiß", erklärte ihr Chance.

Sie winkte ihn vor. „Hier entlang. Die Ladestation ist im Esszimmer neben der Küche. Dort wird auch Rose sein."

Die kompetente junge Frau ging ihm voraus, eilte rasch durch Räume, an denen er langsamer werden und innehalten wollte. Das Esszimmer enthielt einen riesigen Tisch, der völlig mit Gartengeräten und bemalten Kisten vollgestellt war. Der schmale Raum dahinter enthielt Buchregale bis zur Decke und zwei gemütliche Sessel, die in gegenüberliegenden Ecken standen. Überall waren Familienbilder, die meisten von ihnen nicht posiert oder gestellt.

Sie marschierten zur Küche, wo Gesang in der Luft lag, und die Gerüche nach Rosmarin und etwas Süßem seine Sinne reizten. Er trat durch den Bogeneingang, und ein Ansturm von Bildern strömte auf ihn ein.

Die Küche. Ein Familienraum. Terrassentüren, die sich weit zu einem Garten öffneten, in denen Farbe blühte. Weitere Tische und Stühle, alle in kleinen, intimen Zusammenstellungen.

Rose stand am Herd. Fern schlüpfte an ihr vorbei zur Ecke im nächsten Raum. Eine schmale Frau mit blassblondem Haar arbeitete an den Wasserhähnen, den Kopf zur Seite gelegt, da sie ein Handy festhielt und leise plauderte.

„Chance. Wie schön, dich hier zu haben." Die

einigermaßen vertraute Stimme von Malachi Fields zog Chances Aufmerksamkeit nach rechts. Roses Vater trat vor und drückte ihm eine übergroße Schüssel in die Hand. „Puhl die mal, bitte."

„Komm. Hier gibt es einen Stuhl." Diesmal war die Stimme sehr viel sanfter, und Chance drehte sich um, um eine ältere Frau zu sehen, die wohl Roses Mutter sein musste und auf einen Hocker an der Kücheninsel deutete. „Ich bin Sophie. Hier ist der Topf für die Erbsen." Sie klopfte ihm auf die Schulter und dann marschierte sie weg, hob das Handy und nahm sofort ihre Unterhaltung wieder auf. „Über wie viel Blut reden wir da?"

Der Rest der Unterhaltung ging verloren, als sie außer Hörweite geriet.

Erheitert setzte sich Chance auf den Hocker und begann, an dem Eimer voller Erbsen zu arbeiten, den man ihm gereicht hatte.

Jemand stieß ihn in die Schulter. „Ich sehe, sie lassen dich bereits arbeiten", scherzte Fern.

„Ich arbeite gern", behauptete Chance ernsthaft.

Fern lachte, dann drehte sie sich zu ihrer Schwester um. „Womit brauchst du denn Hilfe, Rose?"

„Schaust du nach, was für Salat im Garten ist?", schlug Rose vor.

„Kein Ding. Wir sehen uns", sagte Fern zu Chance. Sie schnappte sich eine Schüssel und ging durch die Terrassentüren.

Malachi war zurück. „Impressionismus oder Renaissance?"

Die Frage kam aus dem Nichts. Chance wandte sich von der süßen Häuslichkeit ab und konzentrierte sich neu. Es war wohl eine Frage, was er vorhatte, in der Galerie auszustellen.

Er warf zurück: „Modern. Klassisch. Digital verbessert in manchen Fällen. Manchmal von Hand gezeichnet, manchmal computergeneriert. Manchmal gute altmodische Ölfarben, Acryl oder Wasserfarben."

„Faszinierend." Roses Vater ließ sich auf dem Hocker neben dem von Chance nieder. Malachi griff in den Eimer Erbsen und begann zu helfen, die kleinen grünen Kugeln in den Kochtopf zu werfen. „Digital, hast du gesagt. Das wirst du Fern mal wissen lassen müssen. Unter anderem hat sie Hintergründe für Games gemacht."

„Das ist ja interessant." Ideen wirbelten durch Chances Verstand, aber jetzt war nicht die Zeit, sich ablenken zu lassen, denn Malachi sprach bereits über Bücher. Besonders über den Laden, den sie besaßen und in der Stadt betrieben: Fallen Books.

„Du kannst gern jederzeit vorbeikommen. Ich versuche, einen Männerbücherclub zu starten", sagte Malachi. „Die Damen waren einfach. Wir haben Wein und Süßkram angeboten, und wir sind jedes Mal rappelvoll."

„Es ist der kinderfreie Abend, der sie anzieht", rief Sophie aus dem anderen Zimmer.

Chance ließ ein Grinsen sehen. „Bier und Bücher könnten genauso gut funktionieren."

„Womöglich. Und Pie. Oder Pizza, Pie funktioniert vielleicht besser." Malachi wirkte nachdenklich. Er stand auf und marschierte weg, murmelte vor sich hin.

Zum ersten Mal, seit Chance das Haus betreten hatte, senkte sich Stille herab. Eine friedliche Stille, die von sanftem Gelächter durchbrochen wurde.

„Du solltest mal dein Gesicht sehen", scherzte Rose.

Er drehte sich auf seinem Hocker, um sie immer noch am Herd zu sehen. „Ich habe erst vier von euch getroffen, aber es fühlt sich nach sehr viel mehr an."

„Wir können etwas heftig sein, aber wir sind freundlich. Es wird ruhiger werden, sobald Ivy auftaucht. Wir benehmen uns immer noch besser, wenn sie da ist, und wir versuchen, ganz toll zu sein, bis ihre Adoptivkinder sich ein wenig mehr in die Familie eingelebt haben." Rose nahm den Topf vom Herd und kam herüber, um ihn zu begrüßen. „Ich freue mich, dass du hier bist."

„Ich auch." Der Schock traf ihn, als sie die Arme um ihn legte und ihre Lippen aufeinanderdrückte, aber Chance stieg schnell genug auf das Programm ein. Er konzentrierte sich auf das süße Geschenk ihrer Begrüßung und ignorierte Gedanken, dass zumindest ein Familienmitglied bestimmt gerade hereinfegte und sie unterbrechen würde.

„Schon beim Küssen in der Küche? Verdammt, ich bin beeindruckt." Tansy betrat den Raum und stemmte die Hüfte an den Tresen neben ihnen.

Chance mochte sie. Ihm gefiel die Art, wie Rose von ihrer Schwester sprach, und es war klar, dass sie einander immer den Rücken stärkten.

Was bedeutete, dass es eine absolute Notwendigkeit war, Tansy zu necken.

„Ich muss mich ja auch bewähren", sagte er. „Miss *Ich verdoppele den Betrag, wenn ihr den Bruder drauflegt.*"

Sie kicherte. „Du hast ausgesehen, als wärst du erheiternd."

„Auf jeden Fall. Ich lebe für die Gefahr."

Rose lachte leise, strich mit den Fingern über seinen Nacken. „Wenn man zwei zum Preis von einem bekommt, ist das immer eine gute Idee."

„Bis auf das eine Mal, als zwei Stinktiere beschlossen, in unseren hinteren Garten einzuziehen", entgegnete Tansy hilfreich.

„Ich hoffe, Cody und ich rangieren etwas höher als das."

Tansy schob sich an ihnen vorbei, spähte in die Töpfe, die auf dem Ofen aufgereiht standen. „Geh und zeig ihm den Garten", befahl sie Rose. „Ich übernehme hier."

„Keine Sorge", versicherte ihm Rose. „Keine Stinktiere."

Er erlebte einen weiteren Schockmoment, als Rose ihn an der Hand nahm und ihn nach draußen führte, um den Garten zu erkunden. Ein paar Minuten später traf er die letzte Schwester Ivy, ihren Mann Walker und ihre drei Kinder: Carter, Chloe und Harper.

Die nächsten Stunden waren ein Rausch der Unterhaltungen, des Essens und dass man ihm alles zeigte, von den Karotten, die das jüngste Kind im Garten ausgegraben (dreimal) und dann wieder eingepflanzt hatte, bis hin zu Ferns Skizzenbüchern. Selten war Chance bei mehr als einem Mitglied der Familie Fields gleichzeitig, und er war niemals bei jemandem länger als zehn bis fünfzehn Minuten, bevor jemand anders unterbrach und ihn entführte.

Drei Stunden später saß er auf einer Schaukel in Erwachsenengröße, Rose schaukelte neben ihm mit einem glücklichen Lächeln auf dem Gesicht. Sein Bauch war voll mit gutem Essen, und in seinem Kopf summte alles von den Einzelheiten, die die Familie ihm mitgeteilt hatte. Die Fragen, die sie ihm gestellt hatten, waren durchdacht gewesen, aber immer offen. Als würden sie ihm höflich die Gelegenheit geben, jeden Moment einen Rückzieher zu machen.

Er blickte nachdenklich auf die Frau neben ihm. „Es war ein wunderbarer Abend."

Sie schaukelte etwas fester, lehnte sich zurück und hob die Füße. „Ich mag meine Familie, aber wir neigen dazu, unserem eigenen Weg zu folgen. Wegen Ivys Sozialphobie und Gesundheit, als sie jünger war, bedeutete ein Familienessen niemals eine riesige Versammlung rund um den Tisch. Es ist eher eine chaotische Routine, die manchmal Leute erschreckt."

„Mir hat's gefallen", gab Chance zu. „Ich konnte mich mit jedem von ihnen richtig unterhalten, anstatt das einer gesprochen oder die Themen bestimmt hat."

„Ganz genau." Rose summte glücklich vor sich hin, während sie schaukelte.

Chance saß auf seiner eigenen Schaukel und beobachtete sie, sein Blick musterte die Linie ihrer Beine, während sie sich vor und zurück schwang.

Sie war so sehr von Leben erfüllt, so intensiv schön, er war nicht sicher, ob er sich wie ein reifer Erwachsener benehmen und der Beziehung die Zeit geben konnte, die sie brauchte, um sich zu entwickeln. Der Drang, etwas Wildes darüber zu sagen, wie wichtig sie ihm bereits war, war stark.

Er wurde von ihr angezogen, war fasziniert ...

War von ihr verzaubert.

Es ging zu schnell, selbst wenn er tief in der Seele wusste, dass es richtig war. Was bedeutete, irgendwie musste er planen und daran arbeiten, um sicherzustellen, dass sie genauso empfand. Um sicherzustellen, dass dieser Sommer von der Magie erfüllt war, die nötig war, damit er nicht nur sein Atelier und neues Heim auf die Beine stellte, sondern ein neues Leben.

Eines voller Gelegenheiten, um Rose erblühen zu sehen.

10

Das erste Geschenk kam am nächsten Vormittag.

Rose ging nach unten, um sich die Zeitung zu holen, bevor sie zurück hinauf in ihre Wohnung eilte, mit einem übergroßen Umschlag in den Händen.

„Was ist das?", fragte Tansy.

Vorsichtig nahm Rose einen Brieföffner, um die Oberseite des DIN-A4-Umschlags aufzuschneiden. „Keine Ahnung, aber es ist an mich adressiert und es ist keine Briefmarke drauf. Jemand vom Ort hat es in den Briefschlitz geschoben."

Sie zog zwei Stücke Karton heraus, die sie auseinanderschob, um eine umwerfende Fotografie eines Straußes gelber Rosen zu enthüllen. Es war kein frontales Porträt, sondern eines, das leicht von der Seite aufgenommen war. Die leuchtenden Gelb- und Pastelltöne standen scharf im Kontrast, der Hintergrund war ein sanftes Rauschen, das die Blumen irgendwie hervortreten ließ, bis sie schwor, sie könne sie berühren.

„Oh. Wie hübsch."

„Jemand steht auf dich", scherzte Tansy. „Jemand ist

äußerst talentiert. Sieh mal." Sie deutete auf das Logo auf der Rückseite des Bildes.

Ein stilisiertes C und G überlappten sich mit den Worten *artistische Aufbrüche*, die Wellen bildeten wie bei altmodischen Postwertzeichen.

Glück wärmte Rose. „Das ist Chances Logo."

„Chance und Rose sitzen auf dem Baum und knutschen rum, man glaubt es kaum", sang Tansy, dann grinste sie breit, während sie Rose einen Arm um die Schulter legte. „Ich finde ihn nett, und noch mehr als das, ich glaube, *du* findest ihn nett."

„Schon. Aber wir sind doch gerade erst zusammengekommen", sagte Rose. „Es gibt keine Garantie, dass das irgendwo hinführt."

„Stimmt." Tansy beugte sich vor und musterte das Bild etwas genauer. „Das sind deine Rosen. Aus deinem Laden."

Rose blinzelte, dann nahm sie sich einen Augenblick, um es anzusehen. „Du hast recht."

Das hatte er wohl in der Nacht geschossen, in der er sie vor dem gebrochenen Glas gerettet hatte und geblieben war, um ihr zu helfen.

Sie stellte das Bild auf das Buchregal, wo sie es leicht sehen konnte.

Das war der Anfang. Jeden Tag kam etwas, um sie zum Lächeln zu bringen. Keines der Kinkerlitzchen war teuer. Viele von ihnen kostenlos oder selbst gemacht. Ein hübscher Stein, den er bei einem Ausflug gefunden hatte, ein Strauß aus zarten Weidenästen, die mit grober Schnur zusammengebunden waren.

Ein schmaler, kleiner Metallknopf mit einem winzigen gemalten Frosch in der Mitte. Um die Ränder standen die Worte: *Ich quake mit dem ersten Sonnenstrahl.*

Nach jenem ersten Morgen begleitete Chance seine

dargebotenen Dinge, und jedes Mal, wenn er auftauchte, um sie zu präsentieren, erwischte Rose sich dabei, wie sie ihn anstarrte und sich fragte, ob er bald verschwinden würde. Ob das süße Wunder ihrer Situation verblassen würde, oder ob ihm klar werden würde, dass das Kleinstadtleben nicht das war, wonach er suchte.

Ein kleiner Teil in ihrem Inneren machte sich Sorgen, dass ihm klar werden würde, dass sie nicht das war, wonach er suchte.

Aber er kam immer wieder.

Er lud sie ein, um sich ihm im Kino anzuschließen, begleite sie auf Spaziergänge. Hin und wieder trafen sie sich am Abend, aber öfter noch stahlen sie sich Zeit mitten am Tag, schlossen sich einander beim Mittagessen an.

Zwei Wochen, nachdem er bei ihren Eltern zu Abend gegessen hatte, tauchte Chance im Blumenladen mit Mittagessen für sie beide auf, und einem Buch, das ordentlich in vertrautes Packpapier eingeschlagen war.

Rose schob das Projekt zur Seite, an dem sie gearbeitet hatte, damit sie das Essen aufstellen konnte. „Was hast du bei Fallen Books gekauft?"

„Das ist nicht meins. Ich bin vorbeigegangen, um deinen Vater zu treffen, und er hat gesagt, deine Spezialbestellung wäre reingekommen. Ich habe angeboten, sie auszuliefern."

Sie hielt mitten im Öffnen des Klebebands inne. „Du hast meinen Vater besucht?"

„Genau", sagte Chance gesellig. „Willst du Schinken und Käse oder Truthahn mit Cranberry-Sauce?"

Rose zögerte erneut. „Die hast du aber nicht bei Buns and Roses geholt. Tansy macht im Sommer niemals Truthahn-Sandwiches."

„Das habe ich gehört. Aber du hast gesagt, das wären deine Lieblinge, also habe ich sie selbst gemacht." Er öffnete das

Papier und stellte das Sandwich auf ihren Teller, dann reichte er es ihr rüber. Er lachte, als sie da saß, ohne sich zu bewegen, legte eine Hand auf ihre und drückte sie. „Rose? Bist du noch da, meine Liebe? Hast du Feen gesehen?"

Liebe. Ein Beben lief ihr Rückgrat hinauf.

Es war aber doch nur ein Wort, also riss sie sich zusammen. Bei diesem Besuch gab es eine Menge interessanter Sachen auszupacken, und sie meinte damit nicht das Päckchen. „Musstest du Bücher bestellen? Bist du deswegen in den Laden gegangen?"

„Ich wollte mich noch einmal umsehen. Deine Eltern haben einen echt hochwertigen unabhängigen Buchladen. Das ist beeindruckend." Er griff nach seinem Sandwich. „Dein Vater und ich haben geplaudert. Bücher, Kunst, Gemeinschaftsevents. Ich habe mich womöglich freiwillig gemeldet, um einen Kunstabend für Männer zu veranstalten. Fotografie, Malerei. Meine professionellen Gebiete, die zu seinem Versuch passen, zu einem Abend mit Buch und Bier zu ermutigen."

„Kunstnacht für Typen?" Rose dachte nach, stellte sich die Männer und Freunde ihrer Freundinnen vor, wie sie sich bei so einem Event hinsetzten. „Das ist frisch und neu in dieser Gegend."

„Schon." Chance grinste. „Wir werden auch Pizza und Bier haben, darum nehme ich an, ein paar Typen kommen einfach nur deswegen."

„Tansy hat gerade den frei stehenden Pizzaofen bekommen, den sie bestellt hat. Sie hat darüber nachgedacht, einmal im Monat einen Pop-up-Laden in verschiedenen Ecken der Stadt zu machen. Vielleicht kannst du sie überzeugen, bei dem Männerabend zu kochen."

Er hielt sein Sandwich mit einer Hand, damit er die andere um ihre Taille legen und sie dicht heranziehen konnte. „Mir wäre es lieber, dich zu überreden, und dass du dann die Überzeugungsarbeit erledigst. Wenn du es in Betracht ziehst."

Dass sie sich unter seinen Arm schmiegte, fügte einfach nur weitere Behaglichkeit zu ihrem intimen Moment dazu. „Man könnte mich dafür gewinnen."

„Ah, die Frau will gewonnen werden, um ihre Magie zu wirken. Irgendwelche Möglichkeiten, wie genau diese Ermutigung aussehen sollte?" Seine Worte stahlen sich über sie hinweg wie eine Liebkosung.

Noch etwas an ihm, das sie bereits süchtig gemacht hatte. Er verwandelte ihr Gehirn in Matsch, ohne sich auch nur anzustrengen, und ließ ihre Sinne mit einer einzigen Berührung singen.

Sie hob ihr Sandwich leicht. „Du hast mir mein Lieblingsmittagessen gemacht. Ich fühle mich bereits sehr motiviert, für dich einzuschreiten."

Abmachungen wurden getroffen, Pläne arrangiert.

Durch die üblichen Stunden, in denen sie Buns and Roses betreiben musste, und die Zeit, die sie in der nächsten Woche mit ihrer Familie verbrachte, stellte Rose fest, dass sie immer mehr jonglieren musste, um sich Zeit mit ihren Freundinnen zu erschleichen und Augenblicke zu finden, die sie mit Chance verbrachte. Mit ihm zusammen zu sein, schien so natürlich und so notwendig wie das Atmen.

Am ersten Montag im August sollte Tansy zu dem Geländeritt mit Cody und Fern aufbrechen. Nur dass an diesem Morgen Rose ihre Schwester auf der Couch zusammengerollt fand, neben ihr eine Schachtel Taschentücher.

Tansy hob feuchte Augen, um sie anzuschauen. „Ich fühle mich elend."

Verflixt. „Sommergrippe ist echt die Pest", sagte Rose mitfühlend. „Willst du, dass ich Cody anrufe und absage?"

Tansy wedelte mit der Hand. „Fern freut sich so sehr darauf, es würde ihr das Herz brechen, wenn ich absage. Sag ihr, Cody und sie sollen ohne mich losgehen."

„Okay. Kann ich dir was bringen?"

„Tee, und dann gehe ich wieder ins Bett." Sie schnäuzte sich heftig, viermal hintereinander. „*Stöhn.* Mein Kopf explodiert gleich."

Rose tätigte für Tansy die Anrufe, kochte etwas Tee, und dann, nachdem sie ihre Schwester ins Bett gesteckt hatte, ging sie nach unten, um Chance aufzuspüren.

Ein Monat. Es war erst einen Monat her, seit er zum zweiten Mal nach Heart Falls gekommen war, und doch war es schon zur Gewohnheit geworden, das kurze Stück zwischen ihren Läden zu gehen.

Sie klopfte an der Hintertür der Galerie. Als er ein paar Sekunden später kam, war er einmal mehr mit Farbe bekleckert.

„Du bist fürs Büro angezogen", scherzte Rose. „Zum Glück stehen dir Farbkleckse."

Er zog sie in den Laden, passte auf, dass sein Körper von ihr weggedreht war, noch während er den Kopf näher beugte. „Ich hab schon irgendwie eine Uniform, was?"

Sie streifte seine Lippen zu einem Kuss, saugte dieses glückliche Gefühl auf. Sie schaute auf seinen Fingern nach Farbe, bevor sie ihre durchschob und ihn in den weit offenen Raum der Galerie zog.

Die Hälfte der Lichter war abgeschaltet, aber der Aufbau war inzwischen deutlich sichtbar. Kurze Wandteile ragten in regelmäßigen Abständen aus den Seitenwänden, wechselten sich mit einem Mittelstück ab, das aus frei stehenden Wandteilen bestand. Die Öffnungen schufen einen Irrgarten mit jeder Menge Raum an der Wand, die einen einluden, weiterzugehen, neue Schätze um die nächste Ecke zu entdecken.

„So faszinierend. Irgendwie mystisch. Als würde man durch ein verzaubertes Gartenlabyrinth wandern." Rose sprach leise, während sie weiter schweifte.

Die Galerie war immer noch karg, es wurde nichts ausgestellt auf den frisch gestrichenen Wänden. Blasses Grün und cremiges Weiß, und es sah alles friedlich und frisch aus.

Das Lager hinter einem *Privat – nur für Mitarbeiter*-Schild war etwas ganz anderes. Aberdutzende Päckchen und hohe, eingeschlagene Gegenstände waren ordentlich in Reihen organisiert. Die Regale, die drei Wände säumten, waren schon über halb voll, mit allem von Vasen bis hin zu Skulpturen und immer noch eingewickelten unförmigen Objekten.

Neugier machte sich breit, und Rose juckte es in den Fingern, sich alles anzusehen.

„Wann ist noch mal die offizielle Eröffnung?"

„Am 27. August."

„Wird es rechtzeitig fertig? Das hört sich so schnell an."

Er hob locker die Schultern. „Ich habe eine große Auswahl an Kunst bei mir, und drei Galerien im westlichen Kanada, die ich nach zusätzlichen Werken fragen kann. Ich werde Zeit haben, aber vielleicht klaue ich mal kurzzeitig Fern aus eurem Laden. Ich werde Hilfe brauchen, nicht nur um das Atelier oben aufzubauen. Ich glaube, sie wäre perfekt."

Rose zögerte. „Oh."

„Es ist Arbeit mit Computern und Kunst", sagte Chance leise. „Ich dachte, das würde ihr gefallen, und für mich wäre es eine große Hilfe."

„Das ist vermutlich ganz ihr Ding", gab Rose zu. „Ist nett von dir, dass du an sie denkst."

„Sie hat mich beeindruckt", sagte er einfach. Chance verschränkte ihre Finger ineinander. „Aber wenn ich vorhabe, sie anzustellen, muss ich mich beeilen und das Thema für die Ausstellung festlegen. Ich will eine Idee, die zu Heart Falls passt."

„Thema?"

Er wedelte mit der Hand zu dem offenen Raum vor ihnen. „Für die Ausstellung. Ich zeige diesmal keinen einzelnen Künstler, sondern eine eklektische Mischung, zu der alle möglichen Medien gehören. Das bedeutet, dass es noch wichtiger ist, sich ein Thema zu nehmen, das die Sammlung unter einen Hut bringt. Ich habe eine Idee, mit der ich spiele, aber das ist ... noch nicht ganz das Richtige."

Rose nickte langsam. „Ich mache das im Laden. Sammle Gegenstände in Gruppen, die irgendwie Sinn ergeben."

„Du machst es auch die ganze Zeit in deiner Blumenkunst", sagte Chance geschmeidig. „Jeder deiner Sträuße deutet ein unterschiedliches Gefühl oder einen von Herzen kommenden Wunsch an. Sie sind genial."

Der Stolz wurde noch etwas größer, zusammen mit einer süßen Freude, dass ihm ihre Arbeiten so detailliert aufgefallen waren. „Danke für das Kompliment."

Er neigte das Kinn. „Es stimmt."

Sie beendeten die Rundtour, dann machten sie Pläne, um sich zum Abendessen zu treffen, und was sonst noch vor ihnen lag. Was vielleicht bedeutete, den Abend in der Hütte zu beenden, die er auf der Red Boot Ranch nutzte.

Sobald sie sich ordentlich zum Abschied geküsst hatten, machte sich Rose wieder an die Arbeit.

Falls sie den Tag mit Tagträumen davon verbrachte, genau welche Blumen sie zu einem Strauß zusammenbringen könnte, der besagte, *ich will, dass das für immer so weitergeht ...*

Na ja, dann musste sie das ja vor niemandem zugeben. Vielleicht nicht einmal vor sich selbst.

11

Der Männerabend war endlich gekommen. Chance schaute sich unter der lauten, ungestümen Gruppe Männer um, die sich in dem Atelier über der Galerie versammelt hatte, und war zufrieden.

An diesem ersten Freitag im August waren sie zu acht. Sein Bruder Cody und die zwei Männer von der Red Boot Ranch: Zach und Finn. Zwei von der Silver Stone Ranch: Luke Stone und sein bester Freund Tucker Stewart. Schließlich ein paar Männer, die als freiwillige Feuerwehrmänner in der Gemeinde arbeiteten: Alex und Ryan.

Sie hatten Pizza und Bier und sehr viel Zeit zum Reden. Jetzt war Chance bereit, sie für ihr Abendessen arbeiten zu lassen.

Er brachte immer noch die Verbindungen zwischen ihnen allen raus, aber bei dem Scherzen und Necken, das vor sich ging, waren die Männer wohl gut gelaunt und bereit, an einem Abend mal was auszuprobieren.

Selbst etwas, das für sie so weit entfernt war, wie etwa zu einem Pinsel zu greifen.

Alex hielt einen hoch. „Bist du sicher, dass du kein Schlagzeug für mich hast, auf das ich eindreschen kann, statt so ein Stück Leinwand?"

„Du bist doch gut mit Besen", sagte Ryan ihm. „Ach Moment, das war ja was zum Kehren. Tschuldigung."

„Ich kann malen", verkündete Zach. „Das sagt zumindest Julia."

„Wände zählen nicht", sagte Finn ausdruckslos.

„Es waren sehr artistisch gestrichene Wände", behauptete Zach.

Finn senkte sein Bier und starrte seinen Freund an. „Sie waren braun. Nicht beige oder Mokka oder Zimt oder umbra. *Braun.*"

Erheitertes Gelächter kam in der Gruppe auf, dann wandte sich Luke an Chance. „Wir haben versprochen, es zu probieren. Also was malen wir denn? Denn ganz ehrlich, ich habe einmal eine Scheune gemalt, und die hat ausgesehen wie ein Wal."

„Ich kann einen Wal zeichnen, und er sieht aus wie eine Scheune", erklärte Tucker, bevor er sich zu Finn beugte. „Ich bin irgendwie beeindruckt, dass du so viele Namen für braun kennst."

Finn hob eine Augenbraue und einen Mittelfinger.

Sie grinsten beide.

„Ich glaube, wir müssen mit Malen nach Zahlen anfangen. Dann kann ich es zumindest nach was aussehen lassen." Cody schüttelte den Kopf. „Du hast das ganze Talent, Bro. Ich zeichne hin und wieder gut genug, dass Leute erkennen, was es ist, aber es ist nie realistisch. Mein Zeug sieht normalerweise aus wie Comicbilder anstatt einer Fotografie der Szene."

„Du erwartest nicht wirklich, dass irgendjemand von uns was macht, das sich lohnt, an eine Wand zu hängen, oder?"

Tucker lehnte sich in seinem Stuhl zurück und nahm wieder sein Bier.

„Vermutlich nicht, aber wer weiß? Schließt die Unvollkommenheit in die Arme und stürzt euch rein." Chance erklärte die Technik, die sie ausprobieren wollten, dann schaute er sich in der Versammlung um. „Ihr könnt das gar nicht falsch machen. Probiert es einfach, und wir sehen, ob es irgendwas Lohnendes gibt, wenn wir fertig sind."

Sie alle zauderten noch, die Pinsel zögerlich in der Luft erhoben.

Er versuchte es noch einmal. „Hier kommt euer irischer Mut. Trinkt noch ein Bier und tut so, als wärt ihr auf dem Rücken eines Schweins."

Cody keuchte. „Was? *Wo?*"

Chance lachte. „Das heißt *in Feierlaune*. Hört mal. Es ist Zeit, entschieden zu sein. Taten zählen."

Er hob seinen eigenen Pinsel und tauchte ihn in die Farbe. Ein Dutzend mutige Pinselstriche später hatte er genug Farbe auf der Leinwand, um die Energie lebendig werden zu sehen.

Sobald Bewegung um ihn herum aufkam, ignorierte er die anderen und fuhr fort, angelockt durch den Bogen und das Gleiten der Farbe. Durch die Aufregung, loszulassen und den Ideen zu folgen, die seine Muse ihm ins Ohr flüsterte.

Als er endlich den Pinsel absetzte, hatten die Unterhaltungen im Raum abermals zugenommen. Hin und wieder brach Gelächter aus. Ein zustimmendes Summen, oder jemand, der eine Herausforderung löste.

Zach schüttelte den Kopf, während er mit seinem Pinsel auf der Leinwand stocherte, aber Cody schlug ihm auf die Schulter und nickte bewundernd. „Das ist gut. Ich kann deine Hütte auf der Ranch sehen. Und das sind die Berge hinter dem Reitplatz."

Finn beugte sich rüber und musterte das Gemälde. „Na, verdammt. Nicht mal schlecht, Zach."

„Zumindest eine Erfolgsgeschichte heute Abend", sagte Tucker. „Meine eher weniger."

Luke musterte die Kunst seines Freundes einen Augenblick, dann grinste er. „Du hast eine Burg und einen Drachen gemalt. Mir gefällt's."

Tucker rieb sich über den Mund, bevor er loskicherte. „Das sind doch Heuballen und ein Kätzchen. Aber deine Interpretation gefällt mir besser. Nehmen wir die."

Das heulende Gelächter ging bis unter das Dach.

„Wie überraschend. Eine Rose." Sie hatten sich schließlich beruhigt, und Ryan deutete auf Chances Gemälde. „Ich glaube, dein Unterbewusstsein sagt dir da was."

Ein tiefes, amüsiertes Grollen kam auf, als Chance den Kopf herumriss, um sein eigenes Gemälde genauer zu betrachten. Die Hintergrundfarben waren gedämpftes Grün, Gold und blasse Rosatöne, die sich zu einem dunstigen Sommerfeld verbanden, aber das Hauptbild, vorne und in der Mitte, war zwar irgendwie abstrakt, aber eindeutig eine einzelne, tiefrote Rose. „Na, verdammt soll ich sein. Du hast recht."

„Sag das noch mal. Mir gefällt, wie das klingt", sagte Tucker mit einem Grinsen.

„Rosengemälde. Das muss doch was heißen, oder, Chance?", scherzte Zach.

Er starrte auf das Gemälde, die Wahrheit schlug ihn auf den Hinterkopf. „Ich bin in sie verliebt."

Völlige Stille antwortete ihm. Was erschreckend gewesen wäre, nur dass Chance nach ihren Gesichtern schaute, und jeder der Typen grinste bis über beide Ohren.

Cody schüttelte ungläubig den Kopf. „Du sagst das, als wäre es eine Überraschung."

Die Bereiche in Chances Gehirn, die Tatsachen verarbeiteten, waren immer noch mit dem Verstehen beschäftigt, und das sorgte dafür, dass er den Mund geschlossen hielt. Er hatte gewusst, dass sie was Besonderes war. Gewusst, dass er mehr wollte.

Liebe? Natürlich war es Liebe.

Zum Glück schien keiner der anderen Männer um ihn herum beunruhigt, wie rasch er sich verliebt hatte. Im Gegenteil, die Männer schoben ihn mit voller Kraft voraus.

„Jetzt bleibt noch die Frage, was machst du deswegen?" Tucker hob eine Augenbraue. „Es ist Zeit, entschieden zu sein. Taten zählen."

Die Wiederholung seiner Worte von vorhin ließ Chance grinsen. „Da mache ich mich gleich dran. Vorschläge?"

„Kauf einen großen Blumenstrauß, geh auf ein Knie und lass die Katze aus dem Sack." Cody zuckte mit den Schultern. „In Filmen funktioniert das."

„Schlägst du vor, dass ich die Blumen bei ihr kaufe und sie sich fragt, was ich da mache, oder soll ich sie anpissen, indem ich sie woanders kaufe?", fragte Chance trocken. Er dachte noch einmal nach. „Du glaubst echt, ich sollte einer Frau, die einen Blumenladen betreibt, Blumen schenken?"

Finn zuckte mit den Schultern. „Ich schenke einer Frau, die Pferde liebt, alle möglichen Sachen, die mit Pferden zusammenhängen, und zwar ständig. Ist doch logisch."

„Kelli will, dass ich Dinge mit ihr mache", bot Luke an.

Seine Anmerkung wurde von einem Chor männlicher Johltöne begleitet.

Er verdrehte die Augen. „Ja, nicht das. Idioten. Ich meine, ja, schon, aber auch was anderes als Sex. Die Sprache der Liebe, so was eben. Manche Leute mögen Geschenke, andere mögen es gern, wenn man was für sie erledigt. Du weißt schon.

Außerdem mag es Kelli, wenn ich sie die Sachen machen lasse, die sie machen will."

Tuckers Grinsen wurde sogar noch breiter. „Du hast dich da kurz mal gar nicht so schlecht geschlagen, und dann bist wieder direkt in unterhaltsames Gelände abgedriftet."

Luke warf eine leere Bierdose auf Tuckers Kopf. „Esel."

„Aber er hat recht." Cody wirkte nachdenklich. „Wenn du das ernst meinst, ist es wichtig, rauszubringen, was Rose antreibt."

„In einem Jahr hat sie mich gekauft", bot Zach wenig hilfreich an. „Bei der Junggesellenversteigerung, meine ich."

Nur die Erwähnung dessen ließ Chances Blut kochen. „Und worauf willst du damit hinaus? Und ich würde jetzt ganz vorsichtig sein, wenn ich du wäre."

Die fröhliche Miene des Mannes brach niemals ein. „Sie hat mich gekauft, damit ich auf einer Hochzeit mit ihr tanzen kann." Von ihm kam ein dramatisches Seufzen. „Dann hat sie es höflich so hingedreht, dass null Chance besteht, einen Gutenachtkuss zu bekommen, und sie hat heftig mit meinem Auto geflirtet."

Chance war verloren. „Dem *Auto*? Wovon zum Teufel redest du da, Alter?"

„Delilah", erwiderte Zach fröhlich. „Du kannst sie später mal treffen, wenn du magst."

„Erwarte bloß nicht, dass du sie fahren darfst", sagte Finn offen. „Macht es dir was, wenn ich den nicht so soliden Versuch meines Freundes interpretiere, dir etwas Selbstsicherheit zu geben?"

„Jemand sollte es tun", beschwerte sich Cody.

Trotz seines Ärgers, trotz der Veränderung von allem in seinem Leben und der Unsicherheit in der einen Sache, auf die er wirklich hoffte, musste Chance zugeben, dass es unterhaltsam und zufriedenstellend war. Diese Männer, dieser

Abend, dass man so einfach in ihre Mitte aufgenommen wurde.

Zachs Worte ergaben plötzlich einen Sinn in Chances Verstand, als er das Rätsel löste. „Lass es mich mal versuchen. Du sagst, Rose ist eine Frau, die weiß, was sie will. Sie will nicht herumgeschoben werden von Ritualen oder weil man irgendwas eben so macht, um mit etwas einverstanden zu sein, obwohl sie es nicht möchte."

„Genau." Chance beugte sich vor. „Warum bist du nicht einfach du selbst und sagst ihr, worauf du hoffst?"

Er selbst sein. Es war eine schockierend einfache Lösung.

Eine, die Stunden brauchen würde, um es tatsächlich durchzuziehen, aber hoffentlich würde es am Ende Erfolg haben, Rose davon zu überzeugen, was sie ihm inzwischen bedeutete.

Chance genoss den restlichen Abend, wenn auch etwas abgelenkt. Aber in dem Augenblick, in dem der letzte seiner neuen Freunde das Atelier verließ, zog er eine neue Leinwand heraus und machte sich an die Arbeit.

12

———

Zwei Wochen vor Chances Galerieeröffnung stand Rose mit dem falschen Fuß zuerst auf, war wütend, dass sie wütend war.

Am ganzen folgenden Tag zwang sie sich dazu, nett zu ihren Kunden zu sein. Ein Lächeln auf dem Gesicht zu haben, während sie sich eigentlich wirklich in der Dusche verstecken und richtig lange weinen wollte.

Nichts war ernsthaft los. Nur dass die stetigen Lieferungen, die an den Hintereingang von Chances Laden kamen, sich in der letzten Woche mehr als verdoppelt hatten. Nachdem sie die letzten sechs Wochen des Sommers fast jeden Tag Zeit zusammen verbracht hatten, war klar, dass er abgelenkter als üblich war, und sehr viel müder. Als würde er nicht genug schlafen.

Was Sinn ergab. Sein Kopf war bestimmt mit den Einzelheiten für die Ausstellung beschäftigt. Vor fünf Tagen hatte Rose beschlossen, ihm den Raum zu lassen, die Vorbereitungen für seine Galerieeröffnung zu jonglieren.

Es war albern, wie sehr sie ihn nach nur ein paar Tagen

vermisste. Nicht nur den Sex, obwohl sie, bevor er in seinen Überstunden-Arbeitsmodus verschwunden war, wirklich die Laken in Flammen gesetzt hatten. Und das Hinterzimmer ihres Blumenladens. Und den Rücksitz des neuen Bronco, den er gekauft hatte.

Jedes Mal, wenn sie zusammen waren, konnten sie die Finger nicht voneinander lassen. Was ein weiterer Grund war, ihm Platz zu lassen. Weniger Zeit, in der er Sex hatte, bedeutete mehr Zeit für ihn, um sich um seine Kunst zu kümmern. Verdammt sollte es trotzdem sein.

Sie hatte aufgehört, während ihrer Mittagspause rüber in die Galerie zu laufen. Sie hatte seine Nachrichten beantwortet, ihre Antworten aber kurz und süß gehalten. Er hatte aufgehört, mit süßen, herzerwärmenden Geschenken vorbeizuschauen.

Er ist vorübergehend beschäftigt. Das ist nicht das Ende, behauptete ihr Gehirn. *Sobald die Ausstellung vorbei ist, sind wir wieder zusammen, und alles wird wieder perfekt sein.*

Was seltsam neu war. Ihr Gehirn war positiv gestimmt, obwohl eigentlich der Blues am Ende einer Beziehung einzusetzen schien.

An diesem Abend grummelte Rose leise in ihren Tee, während Tansy sich Roses Handy vom Tisch schnappte und es ihr in die Hand schob. „Ruf den Mann an. Schreib ihm. Fahr zu seiner Hütte und spring ihn an. Dring in sein Atelier ein. Du bist zu glücklich, um so mies gelaunt zu sein."

„Ich bin nicht mies gelaunt", setzte Rose empört an, bevor sie seufzte. „Scheiße. Du hast recht. Ich bin total mies gelaunt. Aber es ist nicht Chances Schuld. Er ist beschäftigt, das ist alles."

Tansy spähte über den Rand ihrer Tasse. Sie schnaubte. „Zu beschäftigt, um dich zu treffen? Unfug."

Das letzte Wort ließ sie wie ein Niesen klingen.

Rose verdrehte die Augen. „Chance und ich haben in

diesem Sommer so viel Zeit miteinander verbracht, und ich habe es geliebt, aber ich will nicht, dass er glaubt ...“

„Dass du jeden letzten Augenblick zusammen verbringen willst, weil du völlig hin und weg von ihm bist? Ja, ich kann schon sehen, dass das ein Problem ist.“

„Hör auf“, grollte Rose.

„Ich weiß, du verabscheust es, wenn ich vernünftig bin.“ Tansy rümpfte die Nase, dann sprach sie sanfter. „Triff dich mit ihm. Er macht dich glücklich, und Gott weiß warum, aber du scheinst ihn auch glücklich zu machen. Dich aus irgendeinem nicht definierten Grund von ihm fernzuhalten – das ist, und ich hasse es, ein gutes Wort zu oft einzusetzen, aber ich bleibe dabei: Unfug.“

„Ich sollte ihn doch nicht so oft sehen *müssen*“, beschwerte sich Rose. „Wir sind uns doch echt gerade erst begegnet. Wir haben jede Menge Dinge zu besprechen und übereinander herauszufinden.“

Verständnis trat in Tansys Blick. „Ach, *das* ist das Problem. Du glaubst, es gibt irgendein Zeitlimit, das vergehen muss, bevor diese Sache zwischen euch echt sein kann.“

„Er ist am 1. Juli angekommen. Es ist noch keine zwei Monate her“, sagte Rose. Sie stieß einen langen, langsamen Atemzug auf. „Ich bin in ihn verliebt, Tansy.“

„Ich weiß, Süße.“ Ihre Schwester verlagerte das Gewicht, bis sie einen Arm über Roses Schultern legen konnte. „Aber hier kommt der gute Teil – bin ziemlich sicher, er ist auch in dich verliebt.“

„Ich dachte, wir hätten eine wilde Affäre. Es ist zu früh, dass es mehr ist“, sagte Rose noch einmal, aber nur mit halbem Herzen, besonders, als Tansy schnaubte. „Okay, passt schon. Es ist nicht zu früh. Wir sollten uns unsere Liebe total eingestehen, zusammenziehen und eine Familie gründen. Genau jetzt. Heute sogar.“

Kurzzeitig tat sich ein Loch in ihrem Magen auf, als sie es sagte, aber das Gefühl des Friedens, das einen Augenblick später kam, obwohl sie so etwas Unvorstellbares gesagt hatte ...

Unfassbar.

Von Tansy kam ein Geräusch, und Rose wandte sich besorgt zu ihr. „Alles okay?"

„Ja", sagte ihre Schwester mit leiser Stimme. „Nur, mal mich blau an und nenn mich Vergissmeinnicht, aber mir ist gerade klar geworden, dass verliebte Leute verrückte Sachen machen. Wie etwa, zusammenziehen. Du wirst bei ihm einziehen. Ich muss mir nicht mehr anhören, wie du schnarchst, oder hören, wie du dich beschwerst, dass ich meine Füße auf den Beistelltisch stelle, oder dass du dir die Fernbedienung für den Fernseher schnappst."

Tansy brach fast in Tränen aus. Rose war nicht weit davon entfernt, nur dass das wieder viel zu schnell ging. „Ich habe gescherzt. Bitte nimm das jetzt nicht so ernst."

„Nehmen wir doch einfach diesen Typen ernst?" Tansy atmete rasch und schnell ein. „Okay, ich kann das."

Rose lachte, zog ihre Schwester in eine Umarmung. „Du hast recht. Chance ist ein Erwachsener. Wenn er keine Zeit hat, mich heute Abend zu treffen, würde er es mir sagen." Sie verzog das Gesicht. „Ich brauche einen guten Grund für den Kurzbesuch, nur für den Fall."

Ihre Schwester zog sie auf die Beine. „Wasch dir das Gesicht und zieh irgendwas an, das keine Trübsalklamotte ist. Ich hole dir eine Tüte Kekse aus dem Laden, und du kannst sie ihm geben. Du weißt schon. Einfach nur nachbarschaftlich sein."

„Trübsalklamotte? Du bist unmöglich", sagte Rose mit tiefer Zuneigung.

Aber zu wissen, dass sie so bedingungslos geliebt wurde, war der Grund, weshalb fünfzehn Minuten später, als Rose an der Hintertür der Galerie klopfte, mehr Hoffnung als Unbehagen in ihrem Herzen war.

Tansy liebte sie. Ihre Familie liebte sie. Vielleicht …

„Rose." Chances Augen leuchteten, als er sie sah, aber sogar die erfreute Miene konnte die Müdigkeitsfalten in seinen Augenwinkeln nicht vertreiben.

Sie hielt die Tüte vor. „Ich halte dich nicht auf, aber ich habe dir Kekse gebracht."

Er beäugte die Tüte, dann nahm er sie zart am Handgelenk und zog sie in die Galerie, bevor er hinter ihr die Tür schloss. Bevor sie sich versah, hatte er sie an die feste Fläche gedrückt, seine Lippen waren über ihren. „Ich kann Süßigkeiten nur von Frauen annehmen, die eine Weile bleiben."

„Und denjenigen, die dich in verstaubte alte Lagerräume entführen", scherzte Rose. Sie strich sanft mit dem Finger über seine Wange. „Hast du Zeit für eine Pause?"

„Mit dir? Immer."

Er küsste sie, bevor er losließ, die Süße hing nach, während er die Finger um ihre schloss und sie weiter in die Galerie führte.

Der Laden war verwandelt worden. „Oh, du hast den Großteil fertig."

„Willst du eine Privattour?", fragte Chance.

Rose schaute ihn schnell an. Die Worte waren einfach, aber seine Stimme hatte leicht gebebt. „Nur zu gerne."

Ich glaube, ich liebe dich.

Sie schüttelte den Kopf, während er ihre Finger in seine Ellenbeuge schob und dann langsam durch den Raum ging. Es war leicht, die Worte in ihrem Kopf zu sagen. So, so schwer, sie über ihre Lippen zu bringen.

Die Galerie wirkte komplett anders als beim letzten Mal, als sie hier gewesen war. Der Aufbau war gleich, aber der

Inhalt, und wie er ausgestellt wurde, ließ jede glatte, aufrechte Wand zum Leben erwachen.

„Komm hier entlang", schlug Chance vor. Er drehte sich leicht und gestattete ihr, einen halben Schritt vorzugehen, sodass sie eine unverstellte Sicht auf die Kunst auf jeder Seite und vor ihnen bekam. „Du wirst dir die Blumensträuße vorstellen müssen, die du machst, damit sie noch dazu kommen, aber das wird der Hintergrund."

Eine eklektische Sammlung von Gemälden, Illustrationen und Digitaldrucken verzauberte ihren Blick. Farben explodierten überall um sie herum.

Vor ihr war eine große Leinwand mit einer Burg auf einem Märchenhügel mit blauem Himmel, der so hell war, dass er funkelte, und eine Landschaft aus Bäumen und Wasserfällen mit rustikalen Wegen. Die Burg selbst hatte eine dunkle Verfärbung an der Basis, und sie kam näher, um festzustellen, dass der Künstler zweidimensionale Dornenhecken und Büsche mit großen, scharfen spitzen Dornen geschaffen hatte, um die Burg zu bewachen.

Ein Trio aus Bildern von jungen Frauen kam als nächstes. Eine war auf eine entfernte Art vertraut. Rose durchforstete ihre Erinnerung, bis der Name *Sailor Moon* aufploppte. Die Figur stand in einem Garten, einen Stab in der Hand, an dessen Spitze eine leuchtend rote Rose war.

Das nächste Bild war ein Teil des Gesichtes einer weiteren Frau, die gerade mal zwanzig war, mit leuchtend rosa Haar und definierten Wangenknochen. Die Cartoonzeichnung war so lebensecht, dass Rose stehen blieb, um verwundert zu starren.

Die dritte Frau war auch im Anime-Stil gemalt, mit dunklen Kleidern und roten Akzenten. Sie schwang gerade eine glänzende rot-schwarze Sichel über dem Kopf, rote Blütenblätter schwebten im Nachgang des Schwungs.

„Sie sind alle so schön." Rose flüsterte die Worte, während

Chance sie um eine weitere Ecke zog, und dann noch eine. Weitere Schätze, die es zu finden galt, weitere Explosionen von Farbe und Energie, weite Flächen und mystische Welten, die so realistisch waren, dass sie sie am liebsten betreten hätte.

Die Neugier, die sie gespürt hatte, seit er die Ausstellung erwähnt hatte, war jetzt beantwortet. Ihre Wangen wurden warm. Ihr Blut rauschte, und ihre Gedanken waren ebenfalls in Bewegung. „Ich glaube, ich habe dein Thema gefunden."

Wo sie nur hinsah, sie sah Rosen, nichts als Rosen.

Chance legte die Finger auf ihre, wo sie auf seinem Arm lagen. „Macht dir das was aus?"

Die Bilder waren überall, in allen Formen und Medien. Aus allen Zeiten und Orten. Blumen blühten an den Mauern von Befestigungen und wurden in den Händen griechischer Göttinnen gehalten. Sie blitzten lebhaft in Märchenbildern auf, die mit Tinte und Farbe und Pastell entstanden waren. Alte Geschichten neben neuen. Rosenrot und ihre Schwester Schneeweißchen – in der ursprünglichen deutschen Version – standen neben einem riesigen Bären. Ruby Rose aus *RWBY*, eine jüngere Version in einem Computerspiel, von dem Fern so begeistert gewesen war, es zu spielen, dass sie ihre große Schwester immer wieder in ihr Zimmer gezerrt hatte, um ihr all die spannenden Kämpfe zu zeigen.

Die Rose des Biests, geschützt unter einer Glaskuppel, während eine einzige Blüte sich noch am Stiel hielt, während im Hintergrund die Schöne über dem gefallenen Körper der hässlichen Kreatur kniete.

„Ich bin erstaunt", gab Rose still zu. „Ich hatte keine Ahnung, dass es so viele Bilder und Leute mit demselben Namen wie ich gibt, dass man eine ganze Galerie damit füllen könnte."

„Du bist eine wunderbare Muse."

Seine Worte hatten einen seltsamen Tonfall, und sie wollte

gerade fragen, was los war, als erst eine andere Frage hervortrat. „Was kommt dahin?“

Chance erstarrte. Er schluckte schwer, dann drehte er sich, sein Gesicht so ernst, wie sie es noch nie gesehen hatte. „Kommt wohin?“

Echt jetzt? Sie hob einen Finger und deutete auf die Leerstelle. Den leeren Platz, der, ganz gleich, in welche Richtung sie in der Galerie unterwegs war, ihre Aufmerksamkeit und ihren Blick auf sich zog. Die Leerstelle, die eindeutig das Prunkstück zeigen sollte. „*Chance*, es ist ziemlich offensichtlich, dass etwas fehlt.“

Seine Mundwinkel zuckten, und seine Augen sprühten plötzlich vor Gefühlen. „Du willst sehen, was fehlt?“

„Sonst hätte ich doch nicht gefragt“, antwortete sie leise. Vielleicht wartete er, dass sein Stück noch ankam. Wie nervenzerreißend das sein musste. „Wenn jetzt kein guter Zeitpunkt ist, keine Sorge.“

„Ach, geht schon. Tatsächlich ist es das Einzige, auf das es ankommt“, grollte er. Er nahm sie an der Hand und zerrte sie mehr oder weniger durch den Raum zu den Stufen.

„Was machst du denn? Geh langsamer. Ich kann doch selbst laufen.“

„Nicht schnell genug“, erwiderte er. „Ich will dir zeigen, was in meinem Leben gefehlt hat.“

Was? In seinem ... *Leben?* „Ich dachte ...“

Sie klappte den Mund zu und hielt ihre Fragen zurück. Ihre ganze Anstrengung ging nun dahin, das Gleichgewicht zu halten, während er sie eilig die Treppen hinauf nach oben brachte.

Auf dem langen Tresen an der hinteren Wand stapelten sich hoch die Kunstutensilien. Das Waschbecken war voller alter Joghurt- und Sour-Cream-Behälter, die für Farbe verwendet wurden. Farbflecken waren überall, an den

Wänden, dem Boden, auf dem Stuhl auf einer Seite der riesigen Staffelei, die den Hauptraum im Atelier füllten.

„Dort." Er drehte sie zu dem Gemälde, dann wies er mit einem langen Finger darauf, zog sie an seinen Körper. „Das soll der Mittelpunkt meiner Ausstellung werden. Das soll der Mittelpunkt meiner Welt sein."

Sie hob den Blick zu dem Gemälde. In ihrer Brust wuchs etwas und wuchs und wuchs, bis sie bereit war, zu platzen.

Dort auf der Leinwand – das war sie.

13
___

Chance war seit dem Männerabend wie besessen gewesen.

Er war genervt von der Energie und Zeit, die nötig waren, um die anderen Werke der Ausstellung zu arrangieren, sich mit den kleinen Einzelheiten herumzuschlagen. Diese Aufgaben erledigte er allerdings zuerst, und er machte sie gut, wie üblich. Die wenigen Momente, die er sich mit Rose gestohlen hatte, nachdem die Arbeiten für die Galerie erledigt waren, luden ihn mit genug Energie wieder auf, dass er, wenn er sie verließ, direkt zur Arbeit an dem Gemälde zurückkehrte.

Schlaf und Essen und alles andere wurden zur Seite geschoben, während er versuchte, seine Nachricht an sie durch seine Talente klar ausdrücken.

Ein paar Mal hatte er seine Aufmerksamkeit von der Leinwand weggeblinzelt, um festzustellen, dass Cody im Atelier war, den Kopf schüttelte und ihm tellerweise Essen brachte.

„Es ist zwei Uhr nachts. Du bringst dich um, wenn du versuchst, das vor der Ausstellung fertig zu kriegen", warnte sein Bruder. „Du musst diese Deadline doch nicht schaffen, weißt du. Sprich doch einfach mit ihr."

„Tue ich", erklärte ihm Chance einfach. „Es ist die Sprache, die ich am deutlichsten spreche."

Cody hatte ausgesehen, als hätte er noch etwas zu sagen, aber dann schüttelte er den Kopf und seufzte. Er tätschelte Chance den Rücken, schob eine Tüte mit Sandwiches in seine Hände und ging dann raus.

Und jetzt, nach all den schlaflosen Nächten, war Chance endlich fertig. Sein Herz hämmerte so heftig, als wäre er zwölf Stockwerke hochgelaufen anstatt nur eines.

Denn hier war sie. Rose, die in seinen Armen bebte, die Hand am Mund, während sie anstarrte, was er gemacht hatte.

Er trat weg, zögerte, sie außer Reichweite zu lassen, aber er wollte unbedingt ihr Gesicht sehen, ihre Augen. Musste *sie* sehen und erfahren, ob die Nachricht in seinem Herzen auf der Leinwand durchgekommen war.

Während sie jeden Pinselstrich mit ihrem Blick musterte, folgte er ihr. Er wusste, was er dorthin gegeben hatte, ein Kontrast von Glück und Frieden und Heimat und Abenteuer.

Er hatte Rose in einem Augenblick reiner Entspannung gezeichnet, den Kopf geneigt, das Gesicht zur Sonne gehoben. Lange schwarze Haare strömten zur Erde, während kleine Strähnen vom Wind gehoben wurden, als wären die Feen zum Spielen herausgekommen. Der Frühling hatte sich gerade in den Sommer verwandelt und schuf ein Mosaik aus jedem Grünton der Palette im Hintergrund. In den Bäumen, im Gras, den niedrigen Büschen und dem tiefen Moos. Nebel trieb wie eine magische Wolke von der Bergflanke herab, während der blaue Himmel das glitzernde Wasser am Fuß der Wasserfälle spiegelte.

Der See, der geformt war wie ein perfektes Herz.

Dieses blaue Herz, voller heller, tänzelnder Flitter im

Sonnenlicht, rahmte Rose ein. Sie lag in der Mitte von allem. Dem See, dem Gemälde. Der Ausstellung, wenn sie es zulassen würde. Aber vor allem anderen ...

Seinem Herzen.

Chance legte eine Hand über ihre Finger und drehte sie, bis er ihr in die Augen schauen konnte. „Ich habe auf unserem ersten Date ein Foto gemacht. Das habe ich als Vorlage genommen, aber ich habe nicht sehr oft hinschauen müssen. Meine Erinnerung an diesen Moment ist klar."

„Ich weiß es auch noch." Sie flüsterte die Worte, die Kehle eng vor Gefühlen. Ihr Blick huschte zwischen dem Gemälde und ihm hin und her. „Chance. Es ist wunderbar."

„Du meinst, es ist genial." Er zog sie näher heran. „Das hat in der Ausstellung gefehlt. Aber nur, wenn dir das recht ist."

Sie blinzelte heftig, dann runzelte sie kurz die Stirn: „Ähm. Natürlich. Du hast es gemalt. Du kannst mit deiner Arbeit machen, was du willst."

„Nein, kann ich nicht", beharrte er leise. „Ich kann das nicht ausstellen und es anderen zum Besichtigen anbieten, ohne zu wissen, ob du in derselben Richtung unterwegs bist wie ich."

Sie wirkte immer noch verwirrt. „Wohin sind wir denn unterwegs?"

Der Vorschlag der Jungs, er selbst zu sein, klang in seinen Ohren nach, und ein Lachen drang heraus. Er hob sie hoch und wirbelte sie herum, liebte das leichte Keuchen und erheiterte Grollen, das darauf folgte.

Als er sie abstellte, beugte er sich über sie, drückte ihren Rücken nach unten. „Wir gehen zusammen weiter, du und ich. Du hast meinen Blick auf dich gezogen, und ich glaube, du hast meine Seele erwischt. Ich weiß, es geht schnell, aber von diesem ersten Augenblick an hat es geklickt. Und das ..." Er wirbelte sie nach oben und deutete auf das Bild, die Liebe, die er versucht hatte, in jeden Pinselstrich zu legen. „Das bist du in meinem Herzen. Nicht nur im Gemälde, sondern echt."

Ihre Augen wurden feucht. Tränen hingen an den Wimpern. „*Chance.*"

Er drängte weiter, legte die Hände auf ihre Hüfte. „Man könnte denken, ich sollte den Mund halten. Länger mit dir zusammen sein und es sonnenklar machen, dass wir zusammengehören. Ich werde alles tun, was ich kann, um in diese Richtung zu gehen, aber ich kann die Worte nicht leugnen. Ich weigere mich, diese Gefühle zu leugnen. Ich liebe dich, Rose. Das tue ich wirklich."

Ihr Lächeln erblühte. Breit und strahlend. „Manche könnten sagen, das geht viel zu schnell, aber ich spüre es auch. Das habe ich seit dem ersten Augenblick, als ich dich gesehen habe."

Mit schnell schlagendem Herzen ließ er seine Zufriedenheit durchblicken. „Ich glaube, *das* war Lust."

„Davon haben wir ja auch jede Menge, oder?", fragte Rose, während sie mit dem Finger auf seine Nase tippte. „Aber ich meine es ernst. Alles an unserer Zeit zusammen hat sich richtig angefühlt. Diese erste Nacht in der Bar – so etwas habe ich noch nie vorher gemacht, aber mit dir war es natürlich. Leicht. Es hat sich richtig angefühlt, als hätte es so sein sollen."

„Ja, ich bin froh, dass es nicht nur mir so geht." Er zog sie dichter heran, seine Lippen waren über ihren. „Küsst du mich?"

Sie antwortete sofort. Wie hätte sie das nicht tun können?

Dass sie in den Kuss schlüpfte, bedeutete, sich an ihn zu pressen. Sich seinem Geschmack hinzugeben. Dem Gefühl und der Hitze und der Lust, die er so leicht herauskitzelte. Sie ließ die Hände auf seinen Rücken gleiten und bohrte die Fingerspitzen hinein. Harte Muskeln spannten sich unter ihren Fingern an, sein Atem kam unstet, während er innehielt, seine Lippen abermals kaum in Kontakt mit ihren.

„Musst du heute Abend noch irgendwohin?", fragte er.

Sie nickte. „Genau hierhin. Mit dir."

Seine Miene wurde glühend heiß. „Gut. Jetzt bleib mal kurz."

Er marschierte durch den Raum und riss eine Schublade auf.

Als er eine Handvoll Kondome herausholte, lachte Rose. „Ich bin gerade jetzt extrem dankbar."

„Das sind wir beide", sagte er, während er an ihre Seite zurückkehrte und sie von den Beinen holte. „Geständnis. Ich verstecke sie inzwischen überall."

„Wie eine Schnitzeljagd", scherzte sie.

Er riss die Decke vom Sofa und warf sie auf den Boden. Als sie sich neben ihm auf die Knie fallen lassen wollte, hielt er sie aufrecht. Während er langsam den Knopf auf ihrer Hose und den Reißverschluss öffnete, hatte Rose eine Erinnerung an ihren ersten Abend. Das erste Mal, dass er sie zu solchen Höhen geführt hatte.

Sie hatten inzwischen oft miteinander geschlafen, aber das? Das war *mehr* als nur Sex. Seine Miene sagte alles …

Es war Liebe. Liebe, die sie spürte, während er den Stoff um ihre Hüften löste und einen Kuss auf ihren Nabel drückte. Einen weiteren an den Rand ihres Höschens.

Liebe ließ sie beben, während er die Arme um ihren Oberkörper legte und sein Gesicht an ihre Haut drückte. Tief einatmete und sie festhielt.

Ein Flattern in ihrem Herzen. Ein Flattern in ihrem Bauch. Chance legte den Kopf zurück, und der Hunger in seinen

Augen sorgte dafür, dass sie sich auf den nächsten Schritt einstellte.

Zu ihrer Überraschung machte er langsam. Ein weiterer Kuss auf ihre Lippen, einer auf die winzige Schleife in der Mitte ihres BHs. Seine Finger bewegten sich an ihrem Rücken, und die Haken ihres BHs lösten sich. Ein Riemen glitt über die Schulter, die Cups hielten sich kaum noch an ihren Brüsten.

Instinktiv holte sie die Hände nach oben, aber bevor sie landeten, erwischte er sie an den Handgelenken, hielt sie fest und hinderte sie, während der Stoff wegfiel. Er ließ gerade lange genug los, um den BH zur Seite zu werfen, dann hatte er wieder die Kontrolle.

Zog sie zu ihm, um sich an ihre Brust zu schmiegen. Er knabberte an der Wölbung, ließ ein Prickeln der Lust über ihre Haut tänzeln, als wäre es ein Spinnennetz.

„Schöne Rose." Ein zufriedenes Grollen entwich ihm, kurz bevor er die Lippen um ihren Nippel legte.

Das Prickeln wurde zu Wogen, als feuchte Hitze sie umfing. Lust brandete an ihre Nervenenden, ein Ziehen pulsierte in ihrem Innersten. Sie bog sich seinem Mund entgegen, kämpfte weniger gegen seinen Griff auf ihren Armen, als dass sie den Halt nutzte, um noch näher zu kommen.

Er knabberte, seine Zähne bewegten sich rasch in einer Reihe zarter, aber verheerender Bisse. Roses Beine bebten wacklig, während das Blut durch ihre Adern pumpte.

Er ließ ihre Handgelenke los, nahm sie am Oberkörper, presste die Spitzen ihrer Brust nach oben zu seinem Mund. Wurde jetzt schneller, drängender. Der Ansturm, den sie erwartet hatte, stand plötzlich wieder auf der Agenda.

„Oh."

Chance hob sie von den Beinen und ließ sie in einer

Bewegung herunter, fing sie auf und legte sie sanft auf die Decke. Sein Grinsen wurde breiter.

Dann verschwand es. Er schob ihre Beine mit den Schultern auseinander und legte den Mund über ihr Geschlecht.

Hungrig, doch langsam. Eine Folter, die mit seiner Zunge begann, und dann die Berührung seiner Finger hinzufügte, als er ihre Öffnung neckte. Rose nahm seinen Kopf mit den Händen, fuhr mit den Fingern durch seine Haare, während sie die Augen schloss und nur spürte.

Die sinnlichen Bewegungen berührten jede empfindliche Stelle ihres Geschlechts. Glitten hinein, zogen sich zurück. Gemessene, träge Bewegungen, die den Druck seiner Zunge auf ihrer Klitoris nachstellten. Ihr Orgasmus rückte näher mit jedem Augenblick, der verging. Sie nahm ihre Brüste, ihre Finger spielten mit den Nippeln.

Von ihm kam ein Geräusch, und sie sah nach unten, um das Feuer in seinen Augen brennen zu sehen. Sein Blick war auf ihre Hände fixiert. Sie lachte, das Geräusch wurde zu einem Stöhnen, als er im Gegenzug ihre Hüfte hob und die Geschwindigkeit seiner Zunge beschleunigte.

„Ganz dicht", warnte sie.

„Ich will in dir sein, Liebste. Will spüren, wie du um mich bist." Seine Stimme war rau in ihren Ohren.

Sie schlang die Beine um ihn, geschockt, als sie nackte Haut fand. „Wann hast du dich ausgezogen? Wie talentiert."

„Verzweifelt." Chance hielt inne, um ein Kondom aufzuziehen, dann ragte er über ihr auf, starrte in ihre Augen, als die dicke Hitze seines Schwanzes sich an ihr ausrichtete. Er hielt inne, die breite Spitze nur ganz leicht zwischen ihre Schamlippen geschmiegt.

„Ja", flüsterte sie.

Sein Blick richtete sich auf ihren, und er wiegte sich vor.

Glitt komplett hinein, verband sie so intim, wie zwei Menschen körperlich nur verbunden sein konnten. Sie fühlte sich genommen, besessen, verbunden.

Geliebt.

Er drückte ihr eine Hand auf die Wange, verlagerte das Gleichgewicht, um über ihr zu sein, sodass sie bei jedem Stoß zusammenglitten. Haut an Haut. Mund an Mund, Lust trieb Lust an.

Sie war voll, weitete sich, griff nach der Erlösung, noch während sie den Augenblick in alle Ewigkeit ziehen wollte. Er richtete die Hüfte aus, und sein steinharter Schwanz drückte sich an ihre Klitoris, und das ansteigende Summen ihres Höhepunkts wurde lauter.

Immer und immer wieder, während ihr Herzschlag in ihren Ohren dröhnte und der Absprung sich rasch näherte.

Seine Stirn berührte ihre, die Augen weit geöffnet, als sie kam. Ihr Geschlecht zog sich um ihn zusammen. Seine Konzentration ließ nach, dann verschwand sie, als er sich über ihr versteifte, seine Hüfte pulsierte, als könnte er nicht aufhören. Als ob ein letzter wilder Schub sie noch näher zusammenbringen könnte, noch mehr Lust erzeugen.

Die Nachwehen wogten über sie hinweg, und bei jeder lachte sie. Sein Daumen strich über ihre Wange, die Luft bewegte sich wie eine erhitzte Liebkosung über ihre Haut. Sie lagen zusammen vereint auf dem Boden, atmeten immer noch heftig, die Decke halb unter ihnen und halb darüber.

Es war seltsam, dachte Rose, keinerlei Sorgen zu haben. Keine Sorgen, dass sie sich vertan hatte, um an diese Stelle zu kommen.

Er liebte sie.

Chance strich mit dem Finger über ihren Arm, seine Haare zerrauft und ein zufriedenes Lächeln auf den Lippen. „Du weißt schon, ich bin nach Heart Falls gekommen und hatte vor, mich niederzulassen, aber ich hatte keine Ahnung, dass ich so schnell Wurzeln schlagen würde."

Ein weiterer Kommentar, der ihr Herz einen Schlag lang aussetzen ließ. Sie schob ihn zur Seite, denn gerade jetzt war das alles, was sie brauchte. Den Augenblick zu genießen, ohne vorwärts zu drängen, war wichtig.

„Wirst du Irland vermissen? Und Deutschland, und Paris, und all die anderen Orte, an denen du gelebt hast?", fragte sie. Sie legte ihm eine Hand auf die nackte Brust, spielte sanft mit den Fingerspitzen in Kreisen. Musste in Kontakt mit ihm bleiben. Brauchte die Berührung.

„Nein", antwortete er einfach. „Denn obwohl Heart Falls jetzt meine Heimat ist, sind die anderen Orte nur einen Flug weit entfernt." Er erwischte ihre Finger und drückte sie sich an die Lippen. „Ich will dir die Grüne Insel zeigen, meine Liebste. Dir meine Welt der Geschichten und Legenden vorstellen. Wir können bei meinen Leuten vorbeischauen und Hallo sagen."

„Deine Eltern sind in Limerick." Sie versteifte sich kurz, der Gedanke an Eltern schob diese Sache zwischen ihnen weiter ins Terrain von *heilige Scheiße, das ist echt.*

Wenn man bedachte, dass er sich fast seit Tag eins mit ihrer Familie herumgeschlagen hatte, musste sie sich da wohl zusammenreißen.

Sie stützte sich auf einen Ellbogen und lächelte hinab. „Das ist ein ganz neuer Twist beim Elterntreffen. Aber ich möchte nicht lügen, ich würde Irland liebend gern sehen. Und den Rest deiner Familie."

„Dass ich hier bei Cody bin, ist mir wichtig. Aber ich bin froh, dass du deine ganze Familie in der Nähe hast. Ich will nicht, dass sich das ändert. Wie nahe du ihnen stehst."

„Das wird es nie", versprach Rose. Dann wackelte sie mit

den Augenbrauen. „Wir werden einfach dich und Cody in unsere Herde holen. Da gibt es keine Fluchtmöglichkeit."

„Ich wurde gewarnt und akzeptiere es." Er küsste sie wieder, als würde er sie wollen, und die Verbindung zwischen ihnen wuchs und wuchs. „Was passiert dann jetzt?"

Rose dachte nach.

Chance hob sie auf und legte sie über seinen Körper wie eine Decke. „Wir können ja genauso die Wartezeit genießen, während du unseren besten Aktionsplan ausarbeitest."

Sie bebte vor Lachen, ließ sich behaglich über ihm nieder. Alle ihre weichen Stellen waren an seinen warmen, die solide waren und nur noch härter wurden.

„Du hast noch eine Menge zu tun, bevor die Ausstellung kommt, oder?", fragte sie.

Er verzog das Gesicht. „Ja."

„Darunter schlafen", tadelte sie, ihre Finger weich, während sie sein Gesicht streichelte. So sehr es nervte, es war der richtige Vorschlag. „Lassen wir doch Gabrielle's erst mal stark anfangen, bevor wir irgendwelche großen Veränderungen in unserem Leben vornehmen."

„Langsam machen?" Er übertrieb seine Verwirrung, und dann machte er daraus ein Zwinkern. „Können wir das?"

Sie kicherte, dann stützte sie das Kinn auf ihre Handflächen, mitten auf seiner Brust. „Ich habe in den nächsten zwei Wochen auch eine Menge Arbeit. Da gibt es diese riesigen Ziersträuße, die ich für einen äußerst fordernden Kunden herstelle."

„Der Kunde könnte vorbeikommen und ein paar Mal nachschauen", schlug Chance vor. „So kann man sicherstellen, dass du sie richtig anfertigst."

„Ach, und wie würde ich sie richtig anfertigen?"

„Nackt. Du, nicht die Sträuße", erklärte er so ernsthaft wie möglich. Freude stieg in ihrem Herzen auf. „Ich höre, die besten Blumenarrangements werden nackt geschaffen.“

Um ihn tönte Gelächter. „Du bist schlimm.“

„Du bist meine.“ Er sagte es leise. Ernsthaft. Mit seinem ganzen Herzen.

Alles, was sie wollte, war gleich hier. Jetzt musste man nur noch durch die nächsten Wochen kommen, damit sie entdecken konnten, was danach kam.

14

27. August, große Eröffnung bei Gabrielle's

Gab es ein besseres Gefühl als Erfolg?

Chance musterte die Menschenmenge, die im Hauptraum der Galerie herumstreifte, und grinste mehr oder weniger. Im Hintergrund spielte Musik, eine wilde Mischung aus Soundtracks epischer Filme und Videospiele, mit ausgesuchtem Country, der noch obendrauf gepackt worden war.

Zwei Dutzend Sträuße waren in der ganzen Galerie ausgestellt. Einige Rosen waren tiefrot, andere leuchtend gelb. Weitere, rosa oder fast blau, die wilde Bandbreite der Farben, die sich in den Größen der Sträuße widerspiegelte. Von nur einer Handvoll in einer Vase, die mit einer tanzenden Göttin bemalt war, bis zum Vorzeigestück im Foyer mit fünf Dutzend langstieligen weißen Schönheiten, passte Roses Kunst perfekt zum Rest der Ausstellung.

Die Kunstwerke, die er versammelt hatte, wurden von einer weiten Auswahl an Bewohnern von Heart Falls bewundert, Jung und Alt. Unterhaltungen und Gelächter und sogar ein paar Diskussionen wurden laut, und Chance war von allem erfreut.

Er hatte die Bewohner des Seniorenheims von Heart Falls eingeladen, um am Vortag eine Vorabführung zu bekommen. Am Vormittag davor war der brandneue Kindergarten bis hin zu Klasse zwei durch die Tür gestürmt, einer nach dem anderen, begleitet von Lehrern und elterlichen Aufpassern. Chance hatte auch an diesem Tag als Führer gearbeitet, Geschichten über eine Handvoll der Werke erzählt und die Kinder mit einem Flyer nach Hause geschickt, den Fern Fields erstellt hatte und der den Rest erklärte.

Ein jüngeres Kind hatte die ältere Schwester an ihm vorbeigezerrt. „Komm schon. Du musst das mit dem Bären sehen. Die Schwestern haben sich mit ihm angefreundet, und dann wollte der fiese Gnom ihnen wehtun, aber …“

Der Rest der Geschichte verklang, als die zwei um die Ecke verschwanden, aber Chance hatte genug gehört, und bis in die Stiefelspitzen zufrieden zu sein.

Geschichtenerzählen war wichtig, ganz gleich, wie es Leute machten. Kunst oder Musik oder Bücher oder Blumen oder Spiele. Oder gute, altmodische Märchen.

„Es ist spektakulär“, flüsterte Rose, die neben ihn trat und die Arme in seine schob. „Du bist sicher total zufrieden.“

„In der ganzen letzten Stunde haben meine Füße den Boden nicht berührt.“ Er gab ihr einen Kuss auf die Schläfe. „Danke für alles, was du getan hast, um den heutigen Tag zum Erfolg zu machen.“

„Teamarbeit“, erwiderte sie.

Ihr Kopf wandte sich wieder zu dem Gemälde, das er von ihr gemacht hatte.

Gemeindemitglieder warfen einen Blick auf das Porträt und schauten sich rasch um, bis sie ihn oder Rose sahen, um ein wissendes Grinsen anzubieten.

Aber als sie sich an ihn schmiegte? Ein Mann nickte zustimmend, während seine Frau seufzte, Romantik stand auf ihrem ganzen Gesicht.

„Du wirst danach in der ganzen Stadt angesprochen werden", warnte sie Chance. „Sie werden alle fragen, was du mit dem Neuzugang anstellst."

„Wie gut, dass du keine Szene aus unserer tatsächlichen ersten Begegnung gemalt hast, oder sie würden in aller Ausführlichkeit *eines* wissen, was ich regelmäßig mit dir anstelle."

Chance lachte laut, schaute ihr ins Gesicht, um die Röte zu würdigen, die ihre Wangen vor Glück strahlen ließ. „Das mache ich vielleicht irgendwann mal, aber nicht für die Öffentlichkeit."

„Vielleicht möchte ich posieren", neckte Rose leise.

Er schüttelte vehement den Kopf. „Du *im* Zimmer, während ich daran arbeite? Nackt? Es würde ewig dauern, das Porträt fertig zu bekommen."

„Hast du es eilig?", fragte sie.

Nicht wirklich. Nicht mehr, bis auf das Bedürfnis, das immer noch tief in ihm pulsierte.

Sie hatte es nicht gesagt. Den Teil mit *ich liebe dich*. Sie war süß und offen und zugeneigt gewesen, und er wusste, dass sie es auch spüren musste ...

Aber sie hatte es nicht gesagt.

Die Galerie war jetzt offen, und sie beide sollten weniger Arbeit haben, zumindest eine Weile lang. Sie konnten zurückgehen und offiziell zusammen sein, mit mehr gemeinsamer Zeit als diese gestohlenen Augenblicke am Ende jeden Tages, bevor sie völlig erschlagen getrennter Wege gingen.

Die brandneuen Schlüssel in seiner Tasche waren eine heftige Erinnerung daran, dass Tage vergangen waren. Vielleicht gab es ein neues Ziel, auf das sie sich gemeinsam ausrichten konnten.

Es dauerte, durch den Raum zu gehen, da er stehen blieb und mit Besuchern plauderte. Fragen beantwortete über Verkaufspreise und zukünftige Ausstellungen. Irgendwann einmal drückte Rose seine Hand und ging, um jemanden zu begrüßen, der sie gerufen hatte.

Er sah ihr nach, während er der Frage lauschte.

Obwohl er sich vielleicht nicht toll dabei angestellt hatte, denn plötzlich landete eine schwere Hand auf seiner Schulter, während ein Lachen in seinen Ohren erklang.

Chance schaute auf, um zu sehen, dass Luke Stone neben ihm stand, den Arm um eine zierliche, dünne, dunkelhaarige Frau gelegt.

„Tut mir leid. War abgelenkt", entschuldigte sich Chance.

„So nennt man es also, Roses Hintern anzustarren?" Die Frau grinste breit.

„*Kelli*", tadelte Luke.

„Ich sage es nur, wie ich es sehe", erwiderte Kelli. Sie schaute Chance von oben bis unten an, bevor sie nickte. „Er geht durch. Besonders, nachdem ich gesehen habe, wie er mein Mädel ansabbelt."

Luke zeigte Chance einen erhobenen Daumen. „Bedank dich bei deinen Sternen, denn wenn die Truppe vom Mädelsabend das nicht gutheißt, hättest du jede Menge Scheiße vor dir."

„Dann spielen wir fair." Chance neigte den Kopf zu Kelli. „Ich höre, du bist für die nächste Damenversammlung verantwortlich. Such dir ein Datum aus, und ich arrangiere einen Abend im Atelier, für was auch immer für ein artistisches Vorhaben ihr euch aussucht."

„Perfekt." Der Schalk tanzte in ihrem Blick. „Kohleakte klingen spaßig."

„Hey, Moment", ging Luke dazwischen, eine Falte zwischen seinen Augenbrauen zeigte sich, und die Erheiterung war weg. „Wen meldest du denn freiwillig, um nackt zu sein?"

Kelli deutete auf Chance. „Na ja, es *ist* sein Atelier ..."

„Du bist echt schlimm." Luke schwang sie auf seine Schulter, und Kelli kreischte vor Lachen. Ihr Mann drückte ihr eine große Hand auf den Hintern und hielt sie fest.

„Lass mich runter, du Neandertaler. Das ist eine schicke Kunstgalerie, nicht die Scheune", beschwerte sich Kelli und versuchte, den Kopf hoch genug zu heben, um zu Chance zu spähen.

„Wir sind eine äußerst offen gesinnte Galerie", versicherte ihr Chance, bevor er Luke zuzwinkerte. „Wenn ihr hier entlang geht, habt ihr weniger Verkehr."

Obwohl die Menge, die derzeit im Gebäude war, ordentlich erheitert schien, als Luke sich an den Hut tippte und dann die lachende Kelli außer Sicht trug.

Als die unerwartete Show das Gebäude verließ, begab sich Chance nach oben, zu dem interaktiven Atelier, in das Fern Fields gesprungen war wie eine Ente ins Wasser.

Sie hatte ein Interesse und ein gewisses Talent für Wasserfarbengemälde, was in der Zukunft vielleicht praktisch sein könnte. Aber für diese Ausstellung hatte es Chance auf Hightech angelegt. Als er die Computerlieferung aufgestellt und die Spiele zu ihr hingeschoben hatte, um sich ihre Lieblinge auszusuchen, hatte die junge Frau ihn fast erdrückt, bevor sie online verschwunden war, um loszulegen.

Oben war zu einem zweiten Irrgarten geworden, aber um jede Ecke auf dieser Ebene gab es eine unterschiedliche

Station, die zum Mitmachen und gleichzeitigen Zuschauen aufgestellt war. Ein oder zwei Leute spielten an jedem Computer oder jeder Spielstation, und was sie auf den kleineren Bildschirmen sahen, zeigte sich auf der Wand hinter ihnen. Die verbundenen Bildschirme ließen alle, die vorüberkamen, die digitale Kunst in Echtzeit sehen, die fantastischen Welten, die nun ein großer Teil der Kultur waren und zum Teil der derzeitigen Kunstgeschichte werden mussten.

In der Mitte war ein breiter Tisch, den sie in die Kontrollstation verwandelt hatten. Fern hatte gerade eine Familie mit altmodischen Joysticks ausgestattet, in einem der kleinen Alkoven, und kam an seine Seite, um ihm ein Update zu geben.

„Die Stationen sind ein echter Hit", erklärte ihm Fern. „Besonders das Virtual-Reality-Programm, bei dem man zusammen mit den großen Meistern malen kann. Ich glaube, Mrs. Wilson wird wohl jeden Tag vorbeikommen, um noch eins auszuprobieren."

Chance drehte sich langsam, aber hier wie unten lief alles glatt. „Du hast es toll gemacht", erklärte er ihr.

„Ich bin eine tolle Mitarbeiterin", erwiderte sie. Sie beugte sich zu ihm. „Ich kriege eine Vollzeitanstellung, oder?"

„Ja."

„Das liegt nicht nur daran, dass ich Roses kleine Schwester bin?"

„Es liegt daran, dass du genial in dem bist, was du machst, und ich hätte es gern, dass du die vorliegenden Aufgaben in die Hand nimmst, zu denen Kabel oder Pixel gehören", erklärte Chance ihr aufrichtig.

„In die Hand? Du meinst in die Prothese, oder?" Fern zwinkerte.

Er lachte. „Ja. Genau, wie du verdrahtet bist, so funktioniert's."

Fern wirkte so zufrieden, dass sie strahlte. „Habe ich mir schon gedacht, aber es ist immer schön, es zu hören."

Sie drehte sich um, um eine Frage von einem Besucher zu beantworten.

Chance erspähte Cody, der gerade in den oberen Raum gekommen war. „Alles gut, Bruder? Hier entlang."

Cody winkte und kam vor, sein Blick huschte überall hin, während er die Gesichter und die Aufregung verarbeitete. „Tut mir leid, dass ich spät komme, aber es sieht aus, als wäre es bisher ein Erfolg."

„Es ist gut gelaufen", stimmte Chance zu. Er schaute sich seinen Bruder an. „Du trägst einen Anzug."

Der Mann richtete seine Krawatte, wirkte ein wenig unbehaglich. „Ich dachte, das wäre das Mindeste, was ich tun könnte."

„Du hast mich gefüttert, während ich gemalt habe, damit ich nicht verhungere. Das war schon weit über die Pflicht hinaus, soweit es mich betrifft." Chance nickte allerdings wertschätzend. „Sieht gut an dir aus."

„Danke. Aber nächstes Mal fütterst du dich selbst. Ich will das nicht auf deiner Beerdigung tragen müssen."

„Aber du würdest umwerfend aussehen. Das immerhin."

Cody verdrehte die Augen. „Kümmere dich besser um dich."

„Habe ich vor. Und um Rose." Sie stand oben auf den Stufen mit Tansy an ihrer Seite, die beiden näherten sich langsam.

Sein Bruder sah sie ebenfalls. „Ihr beiden passt gut zusammen. Vermassel das nicht."

„Das Schicksal kann man nicht vermasseln", sagte Chance weise.

„Das habe ich auch gesagt." Fern erschien um die Ecke des Schreibtisches. „Stimmt's, Cody?"

„Fern." Cody stolperte beinahe über die eigenen Beine, als er rückwärtsging. Er hatte Mühe, sich aufrecht zu halten, während Fern ihm folgte.

„Das steht dir gut. Aber genauso dein Cowboyzeug", sagte sie.

Sein Bruder hatte wohl zusammen mit seinem Gleichgewicht seine Konzentration verloren. Er öffnete und schloss den Mund ein paarmal, dann schüttelte er sich, schaute Chance fest in die Augen. „Ich gehe nach unten, um noch einen Blick auf die Ausstellung zu werfen. Toll gemacht. Wir hören uns dann morgen. Fern, wir laufen uns über den Weg."

Dann war er weg, schob sich an Rose und Tansy vorbei, die am Schreibtisch stehen geblieben waren.

„Wo will der denn so schnell hin?", fragte Tansy.

„Wegrennen vor dem Schicksal. Die Bestimmung überspringen", sagte Fern geschmeidig. „Irgendwie so was." Sie grinste dann und tänzelte mehr oder weniger durch den Raum, um ein Problem an einer Station zu lösen.

Rose schob die Finger in die von Chance. „Was ist uns entgangen?"

„Da bin ich nicht sicher", gab er zu. Aber da Rose neben ihm stand, konnte er Codys unerklärliches Benehmen für heute Abend ignorieren. „Brauchst du irgendwas, Liebling?"

„Dich." Sie legte kurz den Kopf an seinen Arm, dann richtete sie sich auf. „Ich muss dir sagen, dass die Krugers uns gerade nach oben gefolgt sind. Sie haben ihre Börsen rausgeholt und murmeln davon, wie wichtig es ist, dass sie die Leinwand an der oberen südöstlichen Wand kaufen, bevor das jemand anders macht."

Irgendwie hielt er sein erfreutes Jubeln zurück. „Na ja,

dann sollte ich los und sehen, ob ich ihnen ihre Sorgen nehmen kann."

„Und ein wenig Geld aus ihrer Börse", schlug Tansy mit einem Grinsen vor. „Geh. Ich kümmere mich um deine Liebste, bis du zurückkehrst."

„Ich kann mich um mich selbst kümmern", murmelte Rose.

Chance war bereits in Bewegung. Erst küsste er Rose, süß und tief und außerordentlich zurückhaltend, falls er das mal so sagen durfte.

Dann, während Rose immer noch ganz verlegen war und rot wurde, drehte er sich zu Tansy um und gab ihr einen Kuss auf die Wange. „Du bist dran. Halte das Fort, oder irgendwas Westernmäßiges in der Art."

Während Tansy kicherte und Rose verschüchtert war, eilte Chance weg, mit dem Wissen, dass ihm felsenfest klar war, auf was und wen es wirklich ankam.

Noch ein letztes, um all seine Träume wahr werden zu lassen.

15

„Weißt du was", sagte Tansy, die Chance nachstarrte. „So schlecht haben wir's doch nicht getroffen. Dass wir nicht erweitern können, meine ich."

Rose vibrierte immer noch von dem Kuss. Wie konnte man von ihr erwarten, diese aus dem Nichts kommende Anmerkung zu verstehen? „Haben wir nicht?"

Ihre Schwester hob eine Schulter. „Wir haben am Schluss immer noch einen ganz neuen Laden bekommen, mit dem wir mehr machen. Ich zusätzliches Catering. Du zusätzliche Dekorationen. Fern hat einen Job, der sie mit ihrer Ausbildung arbeiten lässt, und ihre künstlerischen Talente erweitert. Alles, ohne dass wir zusätzliche Miete zahlen müssen."

Es stimmte, wenn man das Ganze so betrachtete.

Rose spähte im Raum herum, kein bisschen überrascht, als Chance in ihrer Blickrichtung landete. Wie ein Magnet wurde sie zu ihm gezogen. „Es war ein bisschen magisch."

Tansy legte die Hände um Rose und umarmte sie fest, flüsterte ihr ins Ohr: „Es war die reine Magie. Ich freue mich so für dich, Schwester. Ein ganzer mysteriöser Prinz, der aus weit entfernten Landen kommt, um dich von den Füßen zu fegen. Das hast du dir verdient."

Rose erwiderte die Umarmung fest. „Ich gehe nirgendwohin."

„Doch, tust du", verbesserte Tansy. „Du bewegst dich vorwärts, und so sollte es auch sein. Ich werde dich vermissen", sagte sie, „aber nicht zu sehr, denn wir wohnen doch einander in den Taschen, und du wirst jeden Tag bei Buns and Roses sein, wie üblich, und dich beschweren, wie viel Sex du die ganze Zeit über kriegst."

„Du bist so eine Göre." Rose gab ihr einen Kuss. „Und ich habe dich lieb."

„Dann ist die Welt, wie sie sein sollte." Tansy zwinkerte und schob sie weg. „Jetzt los. Ich kriege bei dir Gefühlsduselei-Allergie, und das will ich nicht. Ich mag mein Single-Leben, vielen Dank aber auch."

Rose wurde zurückgeschubst, nur um von warmen, starken Händen gefangen zu werden.

„Danke für die Lieferung", sagte Chance. „Und danke für den tollen Job mit dem Catering. Nächstes Mal warne ich dich länger vor."

„Familie und Freunde dürfen kurzfristig bestellen", sagte Tansy. Sie schaute zu Rose, und dann wieder zu Chance. „Sieht so aus, als wärst du potenziell beides."

Lieber Gott. Rose schob Tansy weg, hoffte, dass keine weiteren Peinlichkeiten aus ihrem Mund purzelten. „Danke für alles. Wir sehen uns später zu Hause."

„Klar, Schwester." Tansys Erheiterung schien den Witz weit zu überbieten, sogar für sie. „Chance, ich habe die zusätzlichen Sachen, die du bestellt hast, in deinen Truck gepackt."

Ausführliches Zwinkern und weitere Gesichtsmimik begleiteten diese Worte.

Rose seufzte genervt. „Reagierst du auf irgendwas?"

„Vermutlich, aber tödlich ist es nicht. Gute Nacht zusammen", sagte Tansy, die Rose noch einmal drückte, bevor sie zwischen den anderen aufbrechenden Gästen verschwand.

„Das war seltsam. Sogar für Tansy", murmelte Rose.

„Keine Sorgen ihretwegen. Komm. Deine Eltern sind beide in der VR-Kabine, und ich glaube, sie verirren sich gerade im großen Labyrinth im Schloss des Biests."

Stunden später war die Menge weg. Die Energie hing noch in der Luft, die in einem Glanz zu summen schien, der durch Roses ganzen Organismus pulsierte. Aber die Stimmen waren ruhig, und das Atelier oben summte nicht mehr vor Lichtern und Musik. Fern hatte alles abgeschaltet und dann Chance ein High-five gegeben, Rose umarmt und war mit einem zufriedenen Lächeln nach Hause aufgebrochen.

Endlich allein. Chance tanzte mit Rose langsam durch die Galerie, der süße Rosengeruch hing noch in der Luft. Es war die Ruhe nach dem Sturm, und beides war toll gewesen.

Das Lied endete, und er drückte ihr einen Kuss auf die Schläfe. „Bist du bereit für den Aufbruch?"

„Ich schätze schon." Rose schaute sich um, aber die Galerie war leer. „Bringst du mich nach Hause?"

Okay, sie wohnte nebenan, aber es ging eher ums Prinzip.

Er schob sie zur Eingangstür anstatt zur Hintertür. „Wie wäre es erst mit einer Fahrt?"

Rose folgte ihm bereitwillig und stieg in seinen Bronco. Sie wartete, bis sie auf der Straße waren, bevor sie die Fragen stellte. „Was kommt jetzt? Wie lange wirst du diese Ausstellung laufen lassen? Was ist das Thema der nächsten Ausstellung? Welche Kurse gibst du als nächstes?"

Er lachte leise. „Du solltest doch müde sein. Wir werden über die ganzen Einzelheiten später reden, aber ich dachte, ich würde die Ausstellung vorerst einmal im Quartal wechseln. Ich habe noch kein Thema für die nächste Ausstellung festgelegt, aber ich stelle mir etwas Ländlicheres vor. Bilder von Heart Falls, die mit Szenen aus der klassischen Kunst in Kontrast gesetzt werden, um den langjährigen Bewohnern der Gemeinde zu zeigen, dass sie mehr oder weniger in einem Gemälde leben, sodass sie auch gleich die Namen von ein paar alten Meistern lernen könnten. Und Fern trägt Vorschläge für Kurse zusammen, also kannst du das bei ihr nachfragen."

Er bog auf die Straße ab, die zum Haus ihrer Eltern führte. Rose fragte sich, ob ihr ein Memo über eine Versammlung nach der Eröffnung entgangen war.

Nur dass er am Familienhaus vorbeifuhr und dann zweimal links abbog, vor einem Haus mit einem einzelnen Verandalicht zum Halten kam, das noch brannte, und einem *Zu verkaufen/Verkauft*-Schild auf dem Rasen.

Chance hob eine Hand, Schlüssel baumelten von seinen Fingern. „Ich hab sie gestern bekommen."

Rose legte die Finger um sie. Ihr Herz raste wieder. „Oh."

Er holte tief Luft. „Kommst du mit mir nach Hause?"

Als er innehielt und ihre Reisetasche vom Rücksitz holte, lachte Rose. „Hat das Tansy gepackt?"

„Hat sie. Ich bin mir nicht sicher, ob es alles ist, was du für eine Übernachtung brauchst, oder ob da drin nur Kekse aufgestapelt sind."

Rose schob ihre Finger in seine. „Das funktioniert für mich beides."

Hand in Hand gingen sie über den Bürgersteig, die warme Augustluft war süß von einem vertrauten Geruch.

Sie hielt inne und drehte sich um, bevor sie die Quelle sah. „Rosenbüsche."

„Jede Menge", stimmte Chance zu. Er stahl ihr die Schlüssel, sperrte die Eingangstür auf und wies sie nach drinnen.

Hinter ihr klickten Lichter, und dann marschierten sie beide durch die leeren Räume. Ein großes Wohnzimmer, eine wunderschöne Frühstücksecke neben der Küche mit Türen, die sich zum hinteren Garten öffneten. Eine Küche, die Tansy neidisch gemacht hätte. Ein Spielzimmer und zwei Schlafzimmer unten. Weitere Schlafzimmer oben.

„Hier könnte auch ein Football-Team einziehen", scherzte Rose.

Er öffnete die Tür zum großen Schlafzimmer, darum trieben die leise ausgesprochenen Worte von ihr weg. Trotzdem hörte sie sie.

„Das sind aber nicht die, von denen ich will, dass sie einziehen ..."

In diesem Raum war bisher das einzige Möbelstück – eine Luftmatratze, die voll bezogen war, mit tiefvioletten Bezügen und einer cremefarbenen Decke, die mit allen lila Blumentönen bedruckt war.

„Da hast du dich aber vom Rosenthema gelöst", scherzte sie und deutete auf die Decke.

Chance zog sie an sich. „In meinem Bett will ich nur eine Rose."

Süßer, wunderbarer Mann.

Erheiterung machte sich breit, fing sachte an, wurde aber rasch größer. Da sie sich nicht zurückhalten konnte, und es auch nicht wollte, drückte sie ihm die Handflächen an die Wangen.

Sie beugte sich langsam vor, schaute ihm in die Augen, bis sie nichts mehr sehen konnte, nur noch spüren, als sich ihre Lippen begegneten und die Verbindung zwischen ihnen wieder aufflammte.

Aber als sie sich diesmal löste, hielt sie sich fest. Nicht an seinem Gesicht oder den Händen, sondern einem Gefühl im Inneren, das sagte, dass das richtig und perfekt war. Dass es wirklich keine Rolle spielte, wie sie angefangen hatten, oder vor wie langer Zeit, sondern dass es entscheidend war, wie sie es beendeten.

„Ich besorge dir ein Geschenk zum Einzug", verkündete sie.

Chance grinste. „Ich liebe es schon jetzt."

Ein Lachen löste sich. „Ich wette, das tust du. Ich kaufe dir ein Bett. Denn du hast keins, und ich habe nur ein Einzelbett, und wenn ich bei dir einziehe, will ich was Gemütliches. Es ist hübsch, die Luftmatratze so aufzustellen, aber das wird ziemlich bald nerven."

Seine Augen wurden groß. Sein Mund klappte auf, und er stand da, ohne Worte.

Etwa drei Sekunden lang.

Dann wirbelte er sie im Kreis in dem fast leeren Raum herum. „Gott sei es gedankt", sagte er. Immer und immer wieder.

Rose lachte noch lauter, packte seine Schultern und klammerte sich fest, bis er endlich ihre Füße auf den Boden stellte.

Er fing ihre Hand in seiner. „Bist du dafür echt bereit? Einzuziehen? Wir wollten doch langsam machen."

„Es sind doch schon zwei Wochen. Das sind Monate in Hundejahren. Jahrhunderte für eine Fruchtfliege. Für uns ein ganzes Leben. Außerdem würden wir doch sowieso die meisten Nächte zusammen im Bett liegen", sagte sie ehrlich.

Seine Miene wurde ernst. „So sehr ich den Sex auch mag, und ich liebe den Sex, aber das ist nicht das, was ich am meisten will. Ich will mehr über dich herausfinden. Mehr teilen, Träume finden, die wir verfolgen können. Ich will am Morgen neben dir aufwachen, jeden Tag beginnen und neue Dinge finden, die ich an dir liebe. *Mit* dir."

Ihre Kehle wurde eng. „Ich weiß, dass es um mehr geht als

Sex. Das tut es für mich auch. Du hast mir in diesem Sommer immer wieder gezeigt, dass ich dir wichtig bin, auf kleine und auf große Arten, und ich bin erstaunt und dankbar."

Er tanzte mit ihnen langsam zu einer Musik, die nur er hörte, wiegte sie an sich in dem fast leeren Raum. „Ich will eine Familie mit dir haben. Kinder aufziehen und deine Eltern genießen, Zeit mit deinen Schwestern und allen anderen in deiner Familie verbringen, die sie in den Strudel der Liebe zieht, den ihr alle geschaffen habt."

Gute Beschreibung. „Deine Familie auch. Cody und deine Mom und dein Dad, wenn sie zu Besuch kommen."

„Ich freue mich darauf." Chance hielt ihre Finger an seine Lippen. „Rose? Sagst du es jetzt? Ich meine, du solltest dem Mann, bei dem du einziehst, auch sagen, dass du ihn liebst. Ganz direkt, gib die Wahrheit zu. Ich verspreche, ich bin hier, um dich aufzufangen, selbst wenn es unheimlich ist."

Rose stand stocksteif da, zutiefst verwirrt. „Was meinst du denn? Du weißt doch, was ich empfinde. Ich habe es schon gesagt."

Hatte sie das nicht?

Er wiegte sie nun in kleineren Kreisen, umarmte sie so fest, wie zwei Leute nur umarmt sein konnten, während sie Kleidung trugen. „Du hast gesagt, dass du empfindest wie ich. Du hast mir das Gefühl gezeigt, aber du hast es nie direkt ausgesprochen. Ich brauche diese Worte, Liebste. Ich brauche sie unbedingt."

Wie hatte sie ...

Nein, das war nicht der richtige Zeitpunkt, um sich deswegen fertigzumachen. Nicht mit dem Mann, in den sie hundertprozentig völlig verliebt war, während er mit solcher Hoffnung in den Augen dastand.

Sie musste das besser mal richtig machen.

Sie warf ihm die Hände um den Nacken. „Chance Gabrielle?"

„Ja, Rose Fields?"

Ein langsames, tiefes Einatmen ...

Sie schaute ihm in die Augen. „Du bist der Schlag meines Herzens. Das Wasser in der Vase. Die Farbe auf dem Pinsel. Das Gewürz in der Sauce. Die Pixel in ... irgend so einem Computerding." Seine Lippen zuckten, und sie fuhr fort, machte langsamer und legte leise alle Emotionen, die ihr möglich waren, in die Worte: „Du bist alles, wofür es sich lohnt, aufzuwachen und einen neuen Tag zu beginnen. Ich liebe dich, und ich kann nicht erwarten, es dir von nun an bis in alle Ewigkeit jeden Tag zu sagen."

Chance schloss die Augen, lächelte süß, während er einatmete, als würde er ihre Worte aufsaugen. „Das? War perfekt."

Fast. Fast perfekt. Rose wirbelte sich von ihm weg und dann wieder zurück in seine Arme. „Ich habe noch eine Frage an dich."

Er hob eine Augenbraue.

„Willst du mich küssen?", fragte sie, tief und verführerisch.

Wieder flammte die Hitze auf, und Chance riss sie von den Beinen. „Lass mich schnell irgendeinen ungestörten Ort finden, damit ich diese Frage umgehend beantworten kann."

Er holte sie hinab auf die Luftmatratze, und sie lachten beide, als sie unter ihrem Gewicht wankte und schaukelte.

Rose zog ihn an sich. „Ich liebe dich."

Seine Augen strahlten, darum sagte sie es noch einmal. Mit Worten und mit Körpern und schlagenden Herzen.

Eine weitere Nacht auf dem Weg in die Ewigkeit.

New-York-Times-Bestseller-Autorin Vivian Arend lädt ein nach Heart Falls. Nachdem die Geschichte endet, geht ihre Geschichte weiter. Diese Reihe aus Vignetten und Novellen spielt in der Welt von Heart Falls und lässt Paare und andere Nebenfiguren von früher auftreten.

Heart Falls Vignetten & Novellen

Drei Hochzeiten und ein Baby

Mädelsabend

Roses Nacht für immer

Ferns Schicksalsbegegnung

Heiße Zeiten in Heart Falls

Vivian lässt derzeit ihre vielen Serien übersetzen. Bitte besuchen Sie deren Website für alle aktuellen Informationen.

www.vivianarend.com/de

ÜBER DIE AUTORIN

Mit über 3 Millionen verkauften Büchern ist Vivian Arend eine *New York Times*- und *USA Today*-Bestsellerautorin von mehr als 70 zeitgenössischen und paranormalen Liebesromanen.

Ihre Bücher lassen sich alle einzeln lesen und haben keine Cliffhanger. Sie sind witzig, aber auch emotional, es gibt heiße Szenen und glückliche Enden. Für Vivian ist das der beste Job der Welt. Sie lebt in British Columbia, Kanada, zusammen mit ihrem langjährigen Mann – der Inspiration für alle Helden ist und ein bereitwilliger Gefährte auf Abenteuern aller Art.

www.vivianarend.com